UNE FEMME À DIÊN BIÊN PHU

GENEVIÈVE
de Galard

UNE FEMME À DIÊN BIÊN PHU

RÉCIT

Avec la collaboration de
Béatrice Bazil

J'AI LU

À mon mari et à mes enfants
Aux combattants de Dien Bien Phu de toutes armes
À la jeunesse de France

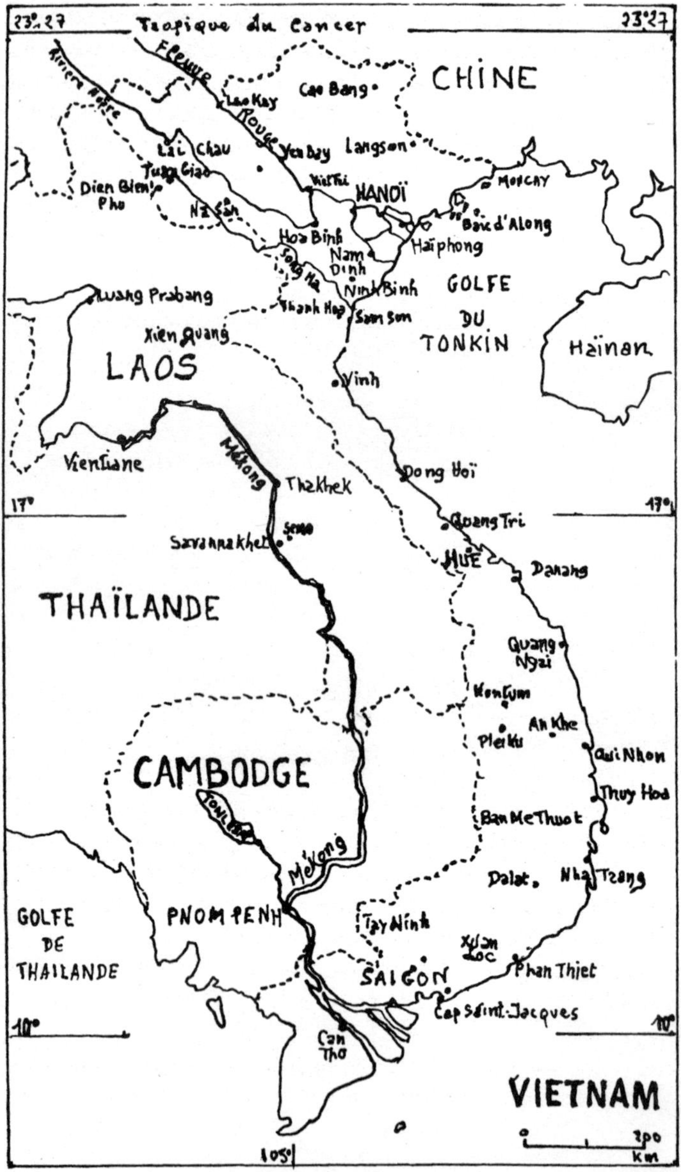
23°27
Tropique du Cancer
23°27
Fleuve Rouge
Rivière Noire
CHINE
Cao Bang
Lao Kay
Lai Chau
Yen Bay
Langson
Tuan Giao
Dien Bien Phu
Viet Tri
HANOÏ
MONCAY
Na San
Baie d'Along
Hoa Binh
Haïphong
Song Ma
Nam Dinh
Ninh Binh
GOLFE DU TONKIN
Luang Prabang
Thanh Hoa
Sam Son
Xien Quang
LAOS
Haïnan
Vinh
Mékong
Vientiane
Dong Hoï
Thakhek
17°
17°
Quang Tri
Seno
Savannakhet
HUÉ
Danang
THAÏLANDE
Quang Ngai
Kontum
An Khe
Pleiku
Qui Nhon
CAMBODGE
Thuy Hoa
Ban Me Thuot
Mékong
Dalat
Nha Trang
GOLFE DE THAILANDE
PNOM PENH
Tay Ninh
Xuan Loc
SAIGON
Phan Thiet
Cap Saint-Jacques
10°
10°
Can Tho
VIETNAM
0
200 km
105°

« L'héroïsme réside moins dans la nature des actes que dans la manière de les accomplir. »

Jacques D'ARNOUX,
Les 7 Colonnes de l'héroïsme.

Avant-propos

Longtemps, je me suis tue. Je ne souhaitais pas alimenter la publicité dont j'avais été l'objet en 1954 après Dien Bien Phu. Elle m'avait paru exagérée, et parfois déplacée, à l'heure où mes camarades prisonniers souffraient encore dans les camps.

En 1954, lors de mon retour à Paris, après six semaines passées aux côtés des combattants et des blessés du camp retranché, puis dix-sept jours aux mains du Vietminh, j'avais reçu une lettre signée de six officiers parachutistes du 11e Choc, inconnus de moi. L'un d'eux était Hélie de Saint Marc, qui n'avait pas la renommée qui est la sienne aujourd'hui. Ils m'écrivaient : « Laissez de côté toute propagande et publicité. Nos camarades n'ont besoin ni d'articles ni de films. L'Histoire les jugera. Vous étiez avec eux, c'est suffisant... » J'étais en total accord avec cette lettre, et je me suis tue.

Cette réserve a constitué ma règle de vie. Il m'est tout de même arrivé de témoigner, lorsque les jugements portés sur les combattants d'Indochine me semblaient trop partiaux et injustes. Je prenais alors la parole ou j'écrivais.

Quelquefois, j'ai également accepté de parler devant des officiers de réserve, ou des parents et amis proches et je n'ai jamais refusé de le faire devant de jeunes gens. Mais ces occasions sont restées très limitées, d'une part parce que mes responsabilités de Conseiller d'arrondissement dans le 17e m'ont beaucoup occupée pendant dix-huit ans, d'autre part parceque qu'il m'a toujours été difficile et même douloureux d'évoquer ces souvenirs.

Mais le temps, dans l'ombre, faisait son œuvre. Il y a trois ans, Hélie de Saint Marc, revenant après cinquante ans sur sa lettre de 1954, m'a incitée à écrire : « Plus que jamais, insistait-il, je crois à la force des témoignages. » Lui-même, longtemps silencieux, avait rompu le silence.

Mon mandat municipal était terminé et j'ai réfléchi à ce conseil. Je me suis alors rappelé l'intérêt passionné de ces adolescentes devant lesquelles on m'avait demandé de parler de Dien Bien Phu. Je me suis souvenue aussi des regards de ces enfants, venus pour la cérémonie de la flamme à l'Arc de triomphe, un jour de novembre, lorsque j'avais évoqué devant eux le courage des combattants du camp retranché.

Avec la paix que procure la distance, lorsque rien de trouble ne peut gâcher le souvenir, comme la vanité ou le mensonge, il reste l'expérience brute, nue, terrible et belle à la fois. C'est elle qu'il faut transmettre aux générations qui nous succèdent.

C'est une femme de plus de vingt ans ma cadette, Béatrice Bazil, qui m'a aidée à mettre en forme les dizaines de pages dont je noircissais le papier. Je lui dois beaucoup, on ne s'improvise pas écrivain. Notre collaboration a été un échange. Je lui faisais découvrir ces années difficiles, car elle n'avait que cinq ans au moment où se déroulait la bataille de Dien Bien Phu. Cela a créé entre nous de véritables liens d'amitié.

Durant des semaines, des mois, je me suis replongée dans ces souvenirs douloureux, qui me réveillaient la nuit. Je remercie très vivement ceux qui, grâce à leurs propres souvenirs, m'ont aidée à retrouver les miens, et ceux qui m'ont encouragée sur ce chemin incertain.

Désormais, la parole est à l'Histoire.

Geneviève de GALARD

Racines

« Au fond, je ne suis pas mécontente que tu sois à Dien Bien Phu ; au moins tu ne risques plus d'accident d'avion. »

Si l'heure avait été moins sombre, j'aurais éclaté de rire en recevant cette lettre de ma mère parmi le courrier parachuté sur le camp retranché en avril 1954. Mais l'arrivée du sac postal, seul fil qui, au plus fort de la bataille, nous reliait encore à nos familles, représentait un moment trop attendu et trop émouvant pour que l'on ait envie d'en rire.

En fait, j'étais soulagée de penser que ma mère ne vivait pas pour l'instant une inquiétude cruelle, elle qui avait la phobie des avions et qui était si facilement inquiète depuis la mort de mon père.

Ma petite enfance, heureuse, avait été bouleversée par la mort, en 1934, lorsque j'avais neuf ans, de mon père, que j'adorais. Des images me reviennent en mémoire, en évoquant ce père chéri, parti dans sa cinquante-cinquième année, des suites de ce que l'on nommait déjà pudiquement « une longue maladie ». Nous habitions depuis quelques années un quartier animé du XVIIe arrondissement de Paris, non loin du marché de la rue de Lévis, dans une voie privée agréable sur laquelle donne un appartement où je vis encore aujourd'hui, avec mon mari. J'avais cinq ans, et mon père m'accompagnait à l'école de l'autre côté de la place Malesherbes, ce qui était assez rare pour un homme de sa génération. Il me tenait affectueusement par la main et portait toujours mon cartable. Toute la fierté du monde m'envahissait, alors que je marchais aux côtés de cet homme à la silhouette puissante et calme. J'aimais ses yeux bleus, son regard clair, sa délicatesse.

Puis la maladie vint. Durant trois ans, ma mère ne quitta pas mon père. Je n'oublierai jamais le matin où elle vint nous chercher dans notre chambre, ma sœur, Marie-Suzanne, et moi, pour que nous lui donnions un dernier baiser.

Touchée au plus profond d'elle-même, ma mère vécut cette épreuve dans la foi. Elle exprimait peu ses sentiments, mais vivait désormais pour nous. Elle nous couvait peut-être un peu trop dans sa crainte qu'il ne nous arrive quelque chose. Cela s'expliquait d'autant mieux qu'elle était restée dix ans sans enfants, et que notre sœur aînée était morte le lendemain de sa naissance. Comme cela se faisait alors, ma mère portait le deuil de façon très stricte et les deux petites filles que nous étions auraient aimé qu'elle s'habille de couleurs plus gaies.

Lors de la maladie de mon père, ma sœur et moi avions souvent été confiées à notre gouvernante Victorine Honoré. Arrivée chez mes parents lorsque j'avais deux ans, « Torine » faisait totalement partie de la famille, et je l'aimais tendrement. Elle savait tout faire, était toujours accueillante et pleine d'affection. Issue d'une famille bretonne très nombreuse, cette femme avisée était la propre tante du futur cardinal Jean Honoré. Bien des années plus tard, longtemps après mon retour de Dien Bien Phu, monseigneur Honoré, alors archevêque de Tours, m'a confié : « Tante Torine avait deux amours : vous et moi... »

Avec la mort de mon père, j'ai donc découvert la souffrance, à neuf ans, et je n'ai jamais oublié. Tous les jeunes enfants qui ont vécu un drame similaire savent ce que je veux dire. Bien sûr, ensuite notre vie a été moins gaie, moins dynamique. Pourtant notre enfance s'est poursuivie dans des conditions matérielles aisées car la famille de ma mère, de tradition terrienne et militaire, disposait d'une fortune confortable. Mon grand-père maternel, Christian de Roussel de Préville, pouvait notamment satisfaire ses passions d'amateur d'art et de collectionneur : il avait réuni dans son appartement parisien des meubles anciens, des tableaux, des gravures, des esquisses.

Ma grand-mère maternelle, Marthe Chagot, était issue d'une grande famille bourgeoise qui, au début du siècle, était un peu au charbon ce que les Schneider étaient à l'acier. Les Chagot, fondateurs de la Compagnie des Mines de Blanzy, avaient créé une ville, Montceau-les-Mines, pour loger les ouvriers. Ils avaient fait construire hôpital, école, église. Taxés de paternalistes, ils avaient évolué selon les idées de Léon Harmel vers un christianisme social plus ouvert[1].

Après la mort de mon père, notre mère se consacra presque exclusivement à notre éducation, choisissant avec soin nos établissements scolaires. Elle avait le sens de la famille, et la maison était très ouverte à nos cousins, dont plusieurs étaient pensionnaires. Ses principes d'éducation étaient assez stricts, mais

1. L'industriel Léon Harmel (1829-1915), représentant du catholicisme social, fut l'un des partisans de la démocratie chrétienne qui reconnurent le syndicalisme ouvrier.

au-delà de quelques conventions qu'il faudrait adapter à notre époque, je n'en vois aucun que j'aurais envie de renier aujourd'hui. Ma mère avait beaucoup voyagé avec son père et elle avait ce même souci de nous ouvrir l'esprit, mais la guerre a limité ses projets. Elle a su nous donner, par son exemple encore plus que par des mots, le sens des autres. Elle critiquait très peu son entourage et j'ai compris longtemps plus tard que cette indulgence souvent manifestée, qui étonnait parfois la petite fille que j'étais, était sûrement pour elle une façon de vivre sa foi au quotidien. Ma mère allait à la messe tous les matins. J'étais moi-même très croyante. En fait, je baignais tellement dans cette atmosphère que je ne me posais pas vraiment de questions. Mais peu à peu, j'ai senti le besoin d'approfondir, de fortifier ma foi et de la vivre*.

J'allais en classe au cours Louise-de-Bettignies, boulevard Malesherbes [1], où je suis restée jusqu'à l'été de 1939. Notre directrice, Mlle Georget, nous parlait souvent de cette héroïne dont l'école portait le nom, qui avait été, en 1914, un agent de renseignements de l'armée britannique dans le Nord. On nous projeta un film retraçant son arrestation par les Allemands, à Tournai, et sa mort en captivité, à Cologne, en 1918. Il me fit une très forte impression.

J'adorais aller en classe car j'aimais apprendre, découvrir, et j'étais plutôt bonne élève, souvent première, sauf en calcul ! J'aimais beaucoup l'histoire et

* Comme étudiante, j'ai fait partie de la Jec (Jeunesse étudiante catholique), puis de la Jic (Jeunesse indépendante catholique). Avec mon mari, nous avons longtemps fait partie des « équipes Notre-Dame », et nous sommes actuellement membres du mouvement Sève, fondé par Marguerite Hoppenot.

1. Aujourd'hui repris par les Ursulines.

surtout la géographie, que nous apprenions sur ces immenses cartes roses, bleues et vertes, que l'on accrochait par deux anneaux dorés au tableau noir et qui nous faisaient rêver de lointaines découvertes. Déjà, j'aimais organiser. Pour nous apprendre les départements français, le professeur de géographie avait innové en nous demandant de nous répartir en deux équipes. Je m'étais proposée comme chef d'équipe ; je réunissais mes amies dans l'appartement familial pour les « chauffer » régulièrement avant le concours... et nous avons gagné !

Malgré la déchirure du départ de mon père, j'étais une enfant gaie, spontanée, très affectueuse. Un peu timide peut-être car, à l'époque, je n'avais pas confiance en moi. J'étais toujours soucieuse de faire aussi bien que ma sœur, de vingt et un mois mon aînée. Marie-Suzanne était plus indépendante, plus entreprenante, plus sûre d'elle aussi. Elle m'entraînait, me faisait faire des choses amusantes : grimper dans les arbres, faire du vélo acrobatique, et je me reposais sur elle. Je voulais être à la hauteur, la suivre, en faire autant qu'elle... et cela l'agaçait quelquefois, comme le jour où, faisant le cochon pendu sur la balustrade d'un petit pont, je tombai à l'eau, le dernier jour des vacances, alors que les valises étaient déjà bouclées.

Quelques années plus tard, nous avons toutes les deux été invitées par des amis à la fête de Polytechnique. Nous allions de stand en stand, nous arrêtant devant un fakir, un diseur de bonne aventure : ce jour-là, on a prédit à ma sœur une vie pleine d'imprévus, et à moi une existence toute calme. Les événements se sont vite chargés d'inverser les rôles !

Au moment des « grandes vacances », qui, alors, duraient trois mois complets, ma mère louait toujours en juillet et en août une villa à la mer ou à la montagne, ce qui nous permettait de découvrir différentes régions de France. Dans l'album de photos de ma jeunesse, les plages de l'Atlantique voisinent avec les Pyrénées, les Alpes... Mais en septembre revenait toujours le rite que nous n'aurions manqué pour rien au monde : nous nous rendions chez ma grand-mère paternelle Mélanie d'Encausse, puis chez mon oncle, à Labatut.

S'il est un lieu de France où sont rassemblés les souvenirs les plus précieux de mon enfance, c'est bien cette propriété familiale de Haute-Garonne, située sur la petite commune de Saint-André, à quatre-vingts kilomètres de Toulouse, où nous finissions toujours l'été. Labatut, c'était pour moi la joyeuse réunion des cousins : les trois enfants de mon oncle Elie, le frère aîné de mon père, et les cinq enfants de mon oncle Guy, le plus jeune. J'avais toujours regretté de ne pas avoir de frères, et les vacances entre cousins comblaient un peu ce manque. À l'époque, ma grand-mère paternelle régnait encore sur Labatut, où elle recevait pendant les mois d'hiver des cousines célibataires, dont la présence rompait la solitude. Elle avait été veuve très jeune, et sa forte personnalité lui avait permis d'élever ses trois fils et sa fille Louise. Pendant les vacances, nous allions toujours après le dîner lui dire bonsoir dans sa chambre, où elle nous donnait des bonbons.

Depuis sa mort, en 1930, la propriété appartenait à mon oncle Elie, qui était mon parrain. Nous y passions des vacances de rêve, à l'ombre des grands ormes et des chênes centenaires qui avaient vu défiler les générations.

Y a-t-il plus banal et plus irremplaçable à la fois que ces images d'enfance heureuse ? Je me souviens des folles parties sur le dos de Midship, le petit poney arabe de mon oncle, qu'il nous faisait monter à cru sur une simple couverture ; des grandes virées pique-niques dans les environs pour retrouver cousins et amis ; des acrobaties à bicyclette le long d'une prairie pentue ; des grands sauts depuis les montagnes de paille ; de la cueillette des champignons, dont l'odeur embaumait les champs ; des vendanges dans les fermes alentour...

Nous aimions jouer dans l'orangerie, où de vieilles calèches étaient entreposées. Que de voyages y avons-nous faits, donnant libre cours à notre imagination !

À l'origine, Labatut était une vieille demeure du XVIIe siècle, mais un incendie l'avait ravagée une nuit de 1906. Elle n'avait plus du tout le cachet d'antan, car elle avait été reconstruite juste avant la guerre par un architecte ami de la famille dans le style des grandes villas de la côte normande : esthétiquement parlant, c'était un peu Deauville ou Trouville dans le Comminges ! Mais à l'époque je ne pouvais rien imaginer de plus beau : le grand hall surplombé d'un balcon, du haut duquel nous jouions de petites comédies devant nos parents attendris ; le large perron où avaient lieu les traditionnelles séances de photographie, et la terrasse entourée de fleurs où l'on se tenait plus volontiers qu'au salon ; le « chapeau du curé », ce point de rencontre des deux allées bordées d'arbres, où se déroulaient nos courses de bicyclettes...

Oui, les racines de mon enfance sont bien dans ce Sud-Ouest, dont je gardais toujours dans mon cœur les paysages, les bruits et les parfums, longtemps après notre retour de vacances à Paris, où les maisons et les rues nous semblaient tout d'un coup tristes et sales.

Après la mort de mon père, le deuxième choc de ma vie a été la déclaration de guerre, le 2 septembre 1939. J'avais quatorze ans, et j'ai pleuré... Ma jeunesse avait été marquée par le patriotisme de ma famille. Aussi bien du côté paternel que maternel, j'appartenais à ce que l'on appelait une famille d'officiers, ce qui représentait vraiment un idéal de courage, de sens du devoir et de service de la patrie. Je savais que depuis des siècles, les membres de ma famille étaient prêts à mourir pour défendre leur pays[1].

J'étais fière d'appartenir à cette lignée des Galard Terraube[2], dont un ancêtre avait participé aux croisades, et un autre avait été compagnon de Jeanne d'Arc. Fière, et en même temps soucieuse de me montrer digne de ces personnages illustres qui, à travers les générations, avaient témoigné de leur fidélité à la foi chrétienne, au sol de leur lignée, à l'esprit de service, à l'honneur... Ce n'était pas un monde légendaire mais l'exemple vivant des générations qui avaient formé ma jeunesse. Pour moi, la Grande Guerre n'était pas un souvenir mais une Histoire vivante : mon père, officier de réserve, ses deux frères, officiers de carrière, et de nombreux cousins s'étaient distingués en 14-18, deux cousins germains

---

1. Récemment, l'un de mes neveux a retrouvé dans une commode, coincé entre deux tiroirs, un petit carnet que ma grand-mère maternelle appelait son « confident ». En 1871, à quinze ans, parlant de la France vaincue, elle écrivait : « C'est elle que j'aime le mieux, après Dieu. Je ne reculerai devant rien pour la sauver. Que je serais heureuse si un jour le Ciel m'accordait l'honneur, le bonheur insigne de mourir pour elle. »

2. Les Galard Terraube forment la branche aînée de la famille Galard, l'une des plus anciennes de l'histoire de France, remontant à Clovis. Les deux autres branches sont les Galard de Béarn et les Galard de l'Isle. Toutes les branches sont du Sud-Ouest. Les Galard de Béarn sont montés à la cour de Louis XI à la fin du XVe siècle, alors que les Terraube étaient des terriens qui n'y ont jamais vécu.

avaient été tués, dont le père de l'abbé Louis de Galard[1].

Du côté de ma mère, j'avais l'exemple de ma tante Suzanne, engagée dans la Croix-Rouge, qui est morte de la tuberculose. Ma mère me parlait souvent du travail de cette unique sœur, qu'elle chérissait, et je ne pouvais ignorer la photo de son groupe de jeunes infirmières bénévoles, toujours présente sur la cheminée de la chambre maternelle... A-t-elle joué un rôle dans ma vocation ? Je ne saurais l'affirmer, mais les chemins de l'imagination décident parfois à notre place.

Ce 2 septembre 1939, nous étions donc comme chaque année en vacances chez mon oncle Elie, à Labatut. Ma mère, craignant les bombardements sur Paris, décida de s'installer avec ses filles à Toulouse. Le premier hiver fut supportable. Maman avait trouvé à louer un grand appartement rue de Metz, en plein centre de la Ville rose. Mais, un an plus tard, nos propriétaires, un médecin et sa famille, revinrent s'installer chez eux et nous délogèrent. Tous les réfugiés affluaient, il devenait difficile de louer. Nous échouâmes finalement au-dessus d'un bel appartement, au deuxième étage, que l'on appelait alors, avec une certaine condescendance qui nous choque aujourd'hui, l'étage des domestiques. Il n'était vraiment pas confortable. Des souris mangèrent même un jour nos cartes d'alimentation, et nous dûmes en demander de nouvelles !

Matériellement, comme pour la plupart des Français, ces années ont été très difficiles. Ma sœur et

1. Le père Louis de Galard a longtemps été curé de Saint-Pothin à Lyon.

moi, en pleine adolescence, avons connu les privations, la faim, le froid. Je dois sans doute à cette période la résistance physique et morale qui m'a aidée à supporter les épreuves, à Dien Bien Phu et tout au long de ma vie. Nous n'avions pas de chauffage central. Ma sœur et moi travaillions toujours avec un manteau et des gants. Les deux uniques poêles, de notre chambre et de la salle à manger, parvenaient tout juste à maintenir le thermomètre à 14 degrés. Ma mère, qui n'avait qu'une cheminée, se réveillait le matin avec 7 degrés dans sa chambre... C'est dans ces conditions que j'ai obtenu, à Toulouse, mon premier puis mon second bac, en 1941, et en 1942.

Ma mère avait choisi notre école avec beaucoup de soin. J'ai passé les trois dernières années de ma scolarité chez les dominicaines du Saint-Nom-de-Jésus.

Mme Fourcade, en troisième, eut bien du mal à me donner la clé de ce qu'était une dissertation. Une fois j'eus un « 14 » à un devoir sur Mme de Sévigné. Ce jour-là mon professeur écrivit sur le devoir : « Comme quoi l'amour, même celui d'une vieille marquise, peut aider à bien faire les choses ». Mme Pinsolle, mon professeur de français de première, était également notre bibliothécaire. Cette enseignante avait une telle façon de parler des livres qui lui avaient plu que l'on avait toujours envie de les lire, et surtout le courage de poursuivre si les premières pages nous rebutaient un peu. À l'âge des grands enthousiasmes littéraires, c'est grâce à elle que je découvris plusieurs des ouvrages qui devaient marquer ma jeunesse : tous les romans de Pearl Buck, d'Archibald Cronin, d'Axel Munthe, d'Elizabeth Goudge ; mais aussi *L'Étoile au grand large,* de Guy de Larigaudie ; les livres d'Antoine de Saint-Exupéry,

Courrier Sud, Vol de nuit, Terre des hommes ; les récits retraçant les aventures héroïques des pionniers de l'aviation, Guynemer, Mermoz... J'admirais le courage de Guillaumet, surtout lorsque son avion s'est posé dans les Andes et qu'il a dit : « Ce que j'ai fait, aucune bête au monde ne l'aurait fait. » J'étais fascinée par la personnalité du père de Foucauld, par celle de Lyautey, dont j'avais lu des écrits bien avant de partir pour le Maroc ou l'Indochine.

En classe, les dominicaines nous avaient demandé le devoir suivant : rédiger un texte qui inciterait les Français à souscrire à l'emprunt qui permettra l'achat d'armement. Je me rappelle encore avoir eu une très bonne note à cette rédaction, que j'avais conclue par l'appel suivant : « Je fais mon devoir en vous le disant, faites le vôtre en souscrivant ! »

En raison de la guerre, nos distractions étaient rares. Notre mère, soucieuse de développer notre culture musicale, nous emmenait au Capitole écouter des opéras-comiques : *Carmen, Les Noces de Figaro,* les *Contes d'Hoffmann...* Soixante ans plus tard, je me souviens comme d'une exception du bol d'air et de gaieté apportés par Charles Trenet lors d'une soirée inoubliable qu'il était venu donner à Toulouse, devant une salle comble.

Nous n'étions pas isolées, car beaucoup de nos cousins vivaient dans le Sud-Ouest. La proximité de Labatut nous permit d'y aller pour toutes les vacances, et d'y retrouver régulièrement la famille.

Je m'attachais de plus en plus aux paysages de ce coin du Comminges, qui étaient faits de collines parallèles aux sommets le plus souvent boisés et de vallées très cultivées. En raison de sa mauvaise vue, ma mère n'avait pas d'auto ; lorsque nous attendions donc, très tôt le matin, l'autobus qui devait nous ramener vers Toulouse à la fin des vacances de

Pâques, le spectacle des Pyrénées encore couvertes de neige était un éblouissement. Pays essentiellement rural, le Comminges garde bien des souvenirs de notre histoire. Je découvrais dans la vallée de la Save les vestiges préhistoriques de l'homme de Néanderthal, apparu cent trente mille ans avant Jésus-Christ. Mais beaucoup plus près, à Aurignac, chef-lieu de canton situé à neuf kilomètres de Labatut, nous allions voir la grotte où vécut l'homme aurignacien, trente-cinq mille ans avant Jésus-Christ. À proximité encore, l'ancien palais des évêques du Comminges, à Alan, recèle une petite merveille. Le tympan de la porte ogivale présente la célèbre vache du Béarn, sculptée avec vigueur et élégance. Nous aimions entendre raconter l'attitude courageuse de la population qui sonna le tocsin et accourut avec des fourches pour chasser les ouvriers qui s'apprêtaient à démonter le fameux tympan, un antiquaire voulant le vendre aux États-Unis[1] !

Nous aimions montrer à nos amis la villa gallo-romaine de Montmaurin. Et s'ils venaient nous voir en voiture, nous les emmenions à Saint-Bertrand-de-Comminges, à Valcabrère, et à Saint-Gaudens, où des basiliques romanes témoignent de la France chrétienne.

Depuis Labatut, nous allions régulièrement à bicyclette à Terraube, propriété de la famille Galard, où vivait ma cousine Adeline, dont le mari, Victor de Galard Terraube, officier de cavalerie, était mort en captivité en Allemagne, en 1940, alors qu'elle venait de mettre au monde son second bébé. Mon

1. Réhabilitée avec passion par un ancien ténor bien connu du Capitole de Toulouse, Richard Gaillan, cette vaste demeure est à nouveau un haut lieu de la région.

père avait passé à Terraube de nombreuses vacances chez ses grands-parents. Cette demeure chargée d'histoire nous replongeait dans le passé. Depuis des siècles, notre famille et la population de ce village fortifié du Gers étaient indissociablement liées. Une tapisserie décorait un mur du grand salon : elle montrait la cour du roi Louis XI, avec ses seigneurs, sous la figure des personnages du jeu de cartes, lors de sa création. Le valet de carreau représentait Hector de Galard, nommé en 1479 grand maréchal des logis de la cour [1] ; il était entouré des noms les plus illustres de son temps, notamment Lahire (le valet de cœur) et le maréchal de France Xaintrailles. C'est en mémoire de cet ancêtre légendaire que les Galard des différentes branches choisissent régulièrement le prénom Hector pour leur premier descendant masculin.

Dans le parc, un petit oratoire rappelle le souvenir de Victorine de Galard, morte en « odeur de sainteté ». Elle était la fille de l'amiral de Galard, arrière-grand-père de mon propre père.

Nous allions aussi à bicyclette à Lassale dans le Gers, chez mon oncle Guy, colonel de l'armée de l'Air. À l'arrivée, ma sœur et moi étions fières d'avoir franchi, depuis Labatut, une douzaine de crêtes des coteaux de Gascogne. Ma tante y vivait sans électricité, et avait à cœur de nous donner du beurre, que nous barattions à tour de rôle à la main, et de la farine. L'essence était rare, et ma tante se déplaçait souvent en voiture à cheval. J'aimais l'accompagner, car, de temps en temps, elle me laissait tenir les rênes.

1. Sur les jeux actuels, le valet de carreau est toujours désigné sous le nom d'Hector.

À la fin de 1942, la zone sud a été occupée à son tour par les Allemands. À l'été de 1943, nous sommes revenues à Paris. Dans la capitale, il fallait d'abord survivre, et l'essentiel des préoccupations tournait autour du ravitaillement. Nous avions la chance d'être approvisionnées par la famille bretonne de Victorine, qui nous faisait régulièrement parvenir de la viande et du beurre. Pour les légumes, il fallait faire la queue. Lorsque l'on apprenait qu'un arrivage de légumes avait lieu le lendemain, on emportait un petit pliant et on se relayait toutes les deux heures, dès cinq heures du matin, pour rapporter à la maison deux kilos de carottes et une salade. Avec ma sœur, nous sillonnions aussi les banlieues maraîchères de Paris, du côté de Longjumeau et de Sceaux ; nous achetions aux agriculteurs du coin une bonne quantité de légumes, rapportant tout ce que nous pouvions sur nos vélos.

En 1943-1944, nous avons vécu les bombardements, les descentes précipitées à la cave dès que la sirène retentissait. On s'habitue à tout, et nous n'avions pas peur. Les abris me semblaient très solides. À vrai dire, je crois que j'ai rarement eu peur dans ma vie : peut-être est-ce une certaine inconscience ou un héritage familial ? Lorsque vos ancêtres ont surmonté des épreuves innombrables et cruelles, il paraît naturel de s'accommoder des temps troublés.

Entre deux alertes, je parcourais Paris à bicyclette, soit pour aller à la Sorbonne suivre des cours d'anglais, soit pour me rendre au dispensaire du XVIIIe arrondissement, tenu par sœur sainte Arcade, une amie de ma mère, où ma sœur et moi assurions la pesée des nourrissons. C'est à cette époque que j'ai commencé à me lancer dans plusieurs activités associatives et bénévoles : je m'occupais notamment de jeunes handicapés dans un hôpital, essayant de leur faire réaliser un travail de tissage qui leur procurerait un gagne-pain. J'y ai découvert l'immense difficulté de rentabiliser le travail des handicapés, évidemment gênés par des problèmes de force et de résistance physique[1].

Notre retour à Paris a aussi signifié pour moi un certain éveil à la politique. À Toulouse, nous suivions certes de près les actions des nazis, nous avions été horrifiées par l'apposition des étoiles jaunes, mais nous captions mal la radio britannique et comme la majorité des Français je n'ai pas entendu, par exemple, en direct l'appel du 18 juin. Il y avait d'ailleurs peu de résistants autour de moi. Ma famille, avant la débâcle, était – selon l'esprit du temps – favorable au maréchal Pétain, le vainqueur de Verdun. Tout a changé pour nous lorsqu'il a laissé les Allemands lui dicter ses actes. Nous avons ainsi reproduit les fluctuations de nos compatriotes.

Si mon père avait vécu, peut-être nous serions-nous davantage engagées ?... Mais jusqu'à l'été de 1943, nous vivions en province, dans un milieu exclusivement féminin, notre mère était déjà âgée. Nous n'avons réellement appris l'histoire de la Résistance et des Forces françaises libres, basées à Londres, que vers les derniers mois de la guerre. En revenant à Paris, nous avons commencé à vibrer en écoutant régulièrement la radio britannique. Nous suivions de près la progression des troupes, et nous avons éprouvé l'angoisse puis l'ivresse du débarquement...

Le jour de la Libération, le 25 août 1944, dès que nous avons appris que Leclerc était dans Paris et que

1. Depuis lors, les Cat (Centres d'aide par le travail), subventionnés, ont été créés pour cela.

de Gaulle allait arriver sur les Champs-Élysées, nous sommes parties, ma sœur et moi, vers la place de l'Étoile. Nous nous abritions sous les porches lorsque les tireurs des toits entraient en action, avant de nous précipiter à nouveau vers notre destination. J'étais toute fière d'être enfin arrivée au pied de l'Arc de triomphe, mais ma joie fut soudainement gâchée. J'étais sidérée par l'attitude de Parisiens qui insultaient le conducteur d'un camion allemand, dont le camarade, mort, gisait, appuyé sur son épaule. Mes compatriotes faisaient un amalgame entre ces combattants et les nazis qui leur avaient donné des ordres... Plus loin, des passants insultaient des femmes aux cheveux rasés, qui passaient sur un autre camion, et qui étaient accusées d'avoir reçu chez elles des combattants ennemis. De leurs visages émanait une telle haine que cela me fit mal, malgré les fautes de ces femmes. J'avais dix-neuf ans et je découvrais soudain la haine et l'intolérance.

Après le 8 mai 1945, la vie sociale a repris très vite, à Paris notamment. Ma sœur et moi sortions beaucoup, compensant les années de vie austère que nous venions de vivre. Marie-Suzanne se fiança l'année suivante, et se maria en 1947. J'avais, quant à moi, passé mes certificats d'études pratiques et de littérature anglaise. J'avais une vie assez occupée mais il y manquait encore une véritable idée directrice.

C'est à ce moment que je décidai de changer d'orientation : les études d'anglais que j'avais menées l'avaient été par intérêt personnel, et je me rendais compte que continuer dans cette voie ne pourrait remplir ma vie. Je rêvais de perspectives nouvelles, d'aventures généreuses. Plus simplement, je voulais me rendre utile et je n'envisageais pas une vie sans dévouement aux autres ni poursuite d'un idéal.

De plus, ayant grandi entourée de tendresse et de sollicitude, mais un peu trop couvée par ma mère, souvent inquiète, j'aspirais à découvrir des horizons plus vastes.

Avec en poche deux certificats d'anglais, je me décidai donc en 1949 à préparer le diplôme d'aide médico-sociale, puis en 1950 le diplôme d'État d'infirmière, qui correspondait à ce que je pensais être ma vocation.

En ces années-là, je profitais de mes vacances pour découvrir les pays qui m'attiraient : l'Italie, l'Espagne, la Norvège... J'avais toujours aimé la géographie et, parmi les colonies françaises, dès mon adolescence, je rêvais de connaître le Maroc et l'Indochine.

Pour le Maroc, c'était facile : je partis avec un groupe de jeunes, par bateau en 4e classe. Ce voyage m'enthousiasma : la beauté des paysages, les merveilles architecturales, les médinas débordantes de vie, de couleurs, de senteurs. Un tel dépaysement ne peut laisser indifférent. Mais le souvenir le plus marquant est certainement celui que me laissèrent les fantasias de Moulay-Idriss, ville sainte où nous avons eu la chance de nous trouver pour les fêtes annuelles, même si nous nous sentions un peu des intrus dans la liesse populaire. Au retour, nous avions décoré une partie de la soute avec nos achats – tapis et poufs, plateaux de cuivre et céramiques – pour y accueillir le commandant, qui nous invita à la soirée animée par le frère d'Henri Salvador, lui-même chanteur, et toute sa troupe.

En Indochine, la guerre déchaînait ses violences depuis 1946 [1].

---

1. En 1945, le coup de force des Japonais éliminant l'autorité et la présence française, qui les inquiétaient sur leurs arrières,

Appartenant par mon père à une famille de tradition militaire très ancienne, j'étais attirée par cette lointaine colonie qui était, depuis les années 1930, un véritable mythe pour beaucoup de Français. Les combats y faisaient de nombreux blessés. Le frère d'une amie, en permission, m'avait raconté sa vie et le rôle qu'il jouait dans un poste près de la frontière de Chine. Reparti en Indochine pour un second séjour, il fut tué deux mois plus tard.

Nous suivions avec angoisse, à travers les récits des journaux, le drame de la route coloniale n° 4, le désastre de Cao Bang, l'évacuation de Langson. L'arrivée du général de Lattre de Tassigny, en janvier 1951, ramena la victoire et la confiance.

Je souhaitais partir pour l'Indochine après mes études d'infirmière, mais ma sœur avait suivi son mari, officier en Allemagne, et je ne me sentais pas le droit de quitter la France pour un séjour prolongé, qui aurait plongé notre mère dans la solitude, alors qu'elle commençait à perdre la vue.

Providentiellement, au même moment, je rencontrai une amie d'enfance, Marie-Rose Calmettes, ancienne, comme moi, du cours Louise-de-Bettignies. Je lui fis part de mes scrupules. Sa réponse me combla de joie : « Papa est veuf également, je ne vou-

---

avait favorisé les déclarations d'indépendance, attendue par chaque peuple indochinois. Mais tandis que les communistes manœuvraient avec habileté pour s'emparer du pouvoir, la France fut incapable de conclure les années coloniales en conduisant aux indépendances inéluctables ; Ho Chi Minh, après les semblants d'accords tentés à Fontainebleau, s'était résolu à une action de force, déclenchée le 19 décembre 1946.

Depuis 1950, pour les Vietnamiens, la guerre était incontestablement une guerre civile, aussi tragique que la guerre d'Espagne. Elle avait également pour le monde libre l'importance d'un front de *containment* du communisme international.

lais pas le quitter pour deux ans. J'ai choisi d'entrer chez les convoyeuses car nos missions nous ramènent régulièrement à Paris. »

C'est ainsi que j'entendis parler, pour la première fois, des Convoyeuses de l'air[1]. Ces infirmières volantes circulaient depuis plusieurs années sur les lignes d'Afrique et d'Indochine, transportant les familles de militaire, évacuant les blessés et les malades. Elles signaient des contrats de deux ans dans l'armée de l'Air mais entre les missions, elles étaient stationnées à Paris. Il fallait, bien sûr, posséder le diplôme d'État d'infirmière et réussir un concours.

La décision était d'importance. Aussi voulus-je prendre un temps de réflexion dans le silence et la prière, car la foi a toujours tenu une place centrale dans ma vie. J'avais besoin d'un vrai rendez-vous avec moi-même.

Le couvent des bénédictines de Vanves, dans la banlieue sud de Paris, et sa belle chapelle, où je passai trente-six heures, m'offrirent à la fois la sérénité propice à ma recherche et la présence d'une reli-

---

1. Dès 1945, la Mission aérienne de rapatriement avait demandé aux Infirmières pilotes secouristes de l'air (Ipsa), de la section aviation de la Croix-Rouge française et au service de santé de l'Air, d'effectuer des missions pour rapatrier les déportés, les rescapés des camps de la mort et les prisonniers libérés trop fatigués pour supporter un transport aérien sans assistance médicale. Le ministère des Colonies fit ensuite appel à elles pour rapatrier les familles de militaire coupées de la France depuis cinq ans et celles des militaires assurant la relève. Tout cela bénévolement, l'indemnité permettant tout juste de se loger aux escales. À la demande de Marie-Thérèse Palu, leur responsable, l'équipe des Convoyeuses a été intégrée, en 1946, dans le Groupement des moyens militaires de transports aériens (GMMTA), devenu le Commandement opérationnel de transports aériens militaires (Cotam), puis la Force aérienne de projection (Fap).

gieuse toujours disponible pour un conseil. Le lundi matin, mon choix était fait : j'allais sauter le pas et me présenter au prochain concours. Évidemment, je n'imaginais pas une seconde combien cette décision allait bouleverser le reste de ma vie...

Rêve d'Indochine

L'angoisse a pris fin : je suis reçue au concours des Convoyeuses de l'air. C'est une joie profonde, une plénitude comme on en connaît lorsqu'on est jeune et que la vie se plie à votre désir. Je vais enfin pouvoir accomplir ma vocation.

Je ne sais pour quelle raison, le concours habituellement programmé en mai ne s'était pas tenu en 1952 et un concours intermédiaire fut organisé à l'automne. Ayant pris ma décision à la dernière minute, j'eus tout juste deux mois pour « cravacher » sans interruption. Nous fûmes trois élues. Les deux autres, Jaïc Domergue et Alberte Othnin-Girard, étaient pilotes et parachutistes ; j'étais le vilain petit canard qui n'avait jamais mis les pieds dans un avion. Désormais, en m'engageant dans les convoyeuses, je n'allais plus quitter le milieu de l'aviation, et c'est d'Indochine que j'allais enfin pouvoir rêver.

Jaïc et Alberte étaient deux filles droites et solides moralement, et, malgré nos différences de caractère, nous sommes toujours restées très soudées. En cette fin d'année 1952, nous étions animées du même désir de servir et d'être dignes de nos anciennes. Certaines d'entre elles s'étaient déjà distinguées en Indochine et avaient vécu des situations très dangereuses, particulièrement en septembre-octobre 1950, lors du drame de la route coloniale n° 4[1].

Le commandement du Vietminh avait accordé une trêve de trois jours pour permettre d'aller chercher les blessés. C'était à That Khé, les 19, 20 et 21 octobre 1950. « Le terrain, raconte Valérie de La Renaudie, l'une de nos grandes anciennes qui participait à l'opération, est court, bosselé, endommagé par la pluie et seule une partie de la piste est utilisable. Le second risque est évidemment le comportement du Vietminh dès qu'ils auront des avions à leur merci[2]. » Jusque-là, aucun Junkers[3] ne s'est posé sur cette piste. Heureusement, le pilote, le lieutenant de Fontanges, curieux et attachant personnage surnommé le Baron, est un crack, une figure de l'aviation de transport. À l'arrivée, l'atmosphère est angoissante : « Lorsque nous mettons pied à terre, poursuit Valérie, et que nous levons les yeux, nous apercevons, placées tout autour de l'appareil, cinq ou six sentinelles, mitraillette à la hanche, en position de tir. Nous n'osons plus remuer le petit doigt. » Les blessés que Val et l'une de ses camarades, Annette Champy, réussissent

1. La RC 4, qui longeait la frontière de Chine dans un relief tourmenté, couvert d'une jungle dense, avait pourtant été choisie pour évacuer les postes de Cao Bang près de la frontière et de Dong Khé, 45 kilomètres plus bas. Mais une offensive massive du Vietminh anéantit la colonne Lepage, montant de That Khé et la colonne Charton, descendant de Cao Bang à sa rencontre, causant la perte de 4000 hommes.

2. Valérie de La Renaudie, *Sur les routes du ciel, « Les convoyeuses de l'air »*, Nouvelles Éditions Latines, 1996.

3. Le Junkers ou JU52, surnommé la Julie par les initiés, était un curieux appareil en tôle ondulée, peu confortable mais très robuste, spécialiste des sauts de puce et qui volait à 250 km/h au maximum. Son train d'atterrissage n'était pas escamotable. L'un de ses principaux avantages était son aptitude à se poser n'importe où.

à emmener ce jour-là sont dans un état de déchéance physique à peine croyable. Ils sont cadavériques, exsangues, avec des plaies, des blessures, des fractures soignées par des pansements sommaires, des attelles et des emplâtres rudimentaires. Ils sont restés plusieurs jours sans soins...

Une autre trêve fut consentie au début de novembre 1950 à Langson, mais lorsque l'avion arriva à la verticale, la DCA se mit à tirer et obligea le pilote à rejoindre Hanoï, où le mécano releva une dizaine d'impacts sur la carlingue. Longtemps après, Val apprendra que la première trêve avait pour but d'interdire toute action militaire française et de permettre aux Vietminh de déplacer leurs troupes pour les masser ailleurs.

En octobre 1951, lors du premier raid vietminh sur Nghia Lo, les évacuations périlleuses en « haute région », c'est-à-dire au Tonkin, valurent à deux convoyeuses d'être décorées sur le front des troupes. Hoa Binh puis Na San furent encore le théâtre d'opérations où les convoyeuses et les équipages, avec modestie et dévouement, prirent des risques énormes pour évacuer les blessés.

Avec l'optimisme et l'insouciance de la jeunesse, je ne pensais guère à la mort à cette époque-là. Pourtant, plusieurs de nos anciennes avaient déjà péri en service commandé : Lucienne Just mourut le 13 juin 1947, lors de l'accident d'un Junker dans la région de Djiring, haut plateau indochinois. Cécile Idrac, déjà blessée par balles en Indochine le 24 mai 1947, mourut le 19 septembre 1949 à bord du Halifax qui s'écrasa et brûla sur le terrain de Pointe-Noire au Gabon. Béatrice de L'Epine trouva la mort à vingt-deux ans dans la région montagneuse du Cambodge appelée la montagne de l'Éléphant. Le 12 juillet 1951, l'avion à bord duquel Geneviève Roure était convoyeuse s'écrasa au décollage de Gao[1]. Elle réussit à faire rapidement passer les passagers dans la queue de l'avion pour les évacuer. Déjà affreusement brûlée, elle retourna dans l'appareil au milieu des flammes pour récupérer deux autres passagers. À Niamey, elle aida à soigner les blessés, avant d'entrer dans le coma, et expira quelques heures plus tard.

Jaïc Domergue, elle aussi, devait trouver la mort en service commandé en Algérie, à bord d'un hélicoptère où elle venait d'installer un blessé.

Alberte, revenue à la vie civile après son mariage, pilotait un avion de tourisme dans le Morvan lorsqu'elle fut prise dans un orage et heurta une ligne à haute tension. Du trio que nous formions le 15 janvier 1953, à notre entrée dans l'armée de l'Air, je suis donc aujourd'hui la seule survivante.

L'un des mystères de la guerre est qu'elle paraît naturelle à ceux qui la font. Notre gravité se faisait l'écho de la gravité de la situation. Mais elle restait mêlée d'inconscience et d'insouciance. L'action nous appelait...

Durant le premier mois, je reçus une formation théorique et pratique. Lors de mon baptême de l'air, sur JU52, le décollage me donna une sensation grisante, même sur ce vieux coucou ; je regardais de tous mes yeux les maisons et les carrés des champs qui devenaient de plus en plus petits. On nous fit faire ensuite des exercices d'évacuation d'urgence, en cas de *crash* ou d'amerrissage forcé, cette fois-ci sur Dakota[2].

---

1. Ville de l'actuel Mali.
2. Le fameux C47 Douglas Dakota a été le véhicule aérien le

Ma première vraie mission avec des passagers m'amena à Tunis. J'étais accompagnée par une ancienne, Michaëla de Clermont-Tonnerre, dite Boum, qui était chargée de me noter et de me « lâcher ». Nous quittâmes Paris dans le brouillard, et n'en sortîmes qu'à la hauteur des Alpes. Ce fut alors un éblouissement : les sommets neigeux étincelaient sous le soleil et surgissaient au-dessus d'une mer de nuages.

Pour ma seconde mission, je devais accompagner le colonel de la Chenelière[1] et son état-major, qui partaient inspecter plusieurs bases en Afrique noire : un grand périple de Paris à Paris, qui nous conduisit d'abord à Oran, où nous avons échangé le « lot maritime » (dinghies et gilets de sauvetage) contre le « lot saharien », qui permet de survivre en cas de crash en plein désert, grâce aux jerricanes d'eau embarqués. Le périple se poursuivit par Nouasseur, Tindouf, Dakar, Thiès, Labé, Bamako, Gao, Aoulef, Alger, et retour à Paris.

Cette mission un peu spéciale se révéla décevante, car les passagers n'avaient guère besoin de moi : mon travail consistait surtout à fournir à l'équipage les sandwiches dont il ne pouvait se passer. L'intérêt touristique était évidemment supérieur à l'intérêt humain. C'était mon premier contact avec le Sahara, les immenses étendues de sable, les dunes à perte de vue. À Tindouf, situé à l'extrême sud-ouest de l'Algérie, la chaleur était écrasante. De Thiès, au Sénégal, je pus me rendre à Dakar, la capitale, ville indus-

---

plus utilisé de la guerre de 1939-1945 et de celles qui ont suivi. Bimoteur robuste, il était pourvu d'une vaste porte latérale permettant des chargements divers et le largage des parachutistes. Il était souvent équipé pour transporter 24 blessés couchés.

1. Le commandant du GMMTA.

trielle, commerçante et universitaire, avec son grand port, fermé par l'île de Gorée, et visiter la vieille ville, riche en souvenirs historiques et ouvrages militaires anciens. À Bamako et à Gao, situés sur la rive gauche du Niger, je fus séduite par le fleuve, ce long fil argenté qui traverse le Sahel, sur lequel des piroguiers remontant le courant se détachaient à contre-jour dans la lumière du soleil couchant. À Aoulef, dans l'immensité désertique, je vis surgir de nulle part des enfants arabes proposant des roses de sable.

À Alger, l'équipage ne quitta pas le terrain, et cette fois le lot saharien fut rééchangé contre le lot maritime. Après le décollage, la vue sur la magnifique baie me donna soudain l'envie d'y revenir...

Cependant, l'essentiel de ma vocation de convoyeuse allait se jouer en Indochine – qui ne s'appelait pas encore le Vietnam.

J'y partis, pour la première fois, à la fin d'avril 1953, pour un séjour limité à trois mois, car nous volions beaucoup et devions également convoyer les militaires rapatriés sur la France. Mais ces trois mois seraient déjà bien remplis.

J'embarquai donc sur le prestigieux Sky[1], qui m'emmena à Saïgon en trente-six heures, avec seulement quatre escales à Nicosie, Karachi, Delhi et Calcutta. Hélas, je n'ai jamais emprunté la fameuse ligne 102 en Dakota, vol moins confortable que celui du Sky mais beaucoup plus intéressant sur le plan touristique : il reliait Paris à Saïgon en quatre jours, avec de nombreuses escales à Tunis, Benghazi, en

1. Le Sky était le DC4 sur lequel volaient les personnalités officielles. Il était rattaché au Glam (Groupe de liaison des autorités militaires).

Libye, Le Caire, Shaiba en Irak[1], Sharjah, en Arabie Saoudite, Karachi, Delhi et Calcutta...

C'est à l'escale de Calcutta que j'eus mon premier contact avec la misère et la mendicité des enfants. J'étais très impressionnée de les voir brandir leurs moignons, au milieu d'une circulation intense, où se mêlaient des voitures luxueuses et des carrioles misérables, le tout évoluant au milieu des vaches sacrées. La mousson avait commencé et, ce jour-là, des trombes d'eau s'abattirent soudain sur la ville. Les pluies ne durèrent pas très longtemps, mais elles étaient spectaculaires. Tout de suite après, de la vapeur monta du sol, rendant à nouveau la chaleur oppressante.

À la descente d'avion à Saïgon, après un vol fatigant, je fus saisie par la chaleur intense, humide. Heureusement, l'une de mes camarades convoyeuses m'attendait à la descente d'avion, et je fus vite prise en charge par l'un de mes cousins[2], qui m'emmena visiter toute la ville.

J'ouvrais des yeux écarquillés en découvrant cette grande ville bâtie à l'européenne dans un paysage tropical, avec les quartiers de villas confortables agrémentées de vérandas dans des jardins luxuriants et bien entretenus ; les grandes avenues plantées de platanes ou d'hévéas ; la cathédrale rose, surmontée de ses deux clochers pointus ; le majestueux palais blanc du gouverneur, entouré de son immense jardin, avec ses flamboyants, ses frangipaniers, ses massifs multicolores ; la rue Catinat, bordée de jolies boutiques à l'européenne et ombragée de tamariniers ; l'hôtel Continental, dont la terrasse, en ces années de

1. Le terrain de Bassora, deuxième ville et principal port d'Irak, situé sur le Shatt al-Arab.

2. Louis de Bon.

guerre, était aussi connue que celles des plus grands cafés parisiens... À quelques kilomètres des combats meurtriers qui se livraient dans toute l'Indochine, les habitants de Saïgon continuaient à vivre dans une atmosphère, très insolite pour moi, de *dolce vita.*

Je fus encore plus dépaysée en arrivant au port, où les sampans glissaient silencieusement devant le débarcadère en bois de la pointe des Blagueurs. Notre promenade se prolongea jusqu'à Cholon[1], la ville chinoise grouillante de vie. De toutes les ruelles montaient des effluves de cuisine, confectionnée dans la rue par des marchands ambulants. Les odeurs du *nuoc mam* et de la soupe chinoise se mêlaient à celles du santal et de l'encens. J'étais enivrée de toutes ces senteurs d'épices, de tous ces parfums d'Orient dont j'avais si longtemps rêvé. J'admirais les jeunes Vietnamiennes en *ao daï*[2], cette longue tunique portée sur un pantalon, qui n'hésitaient pas à rouler à bicyclette au milieu des milliers de cyclo-pousses.

Néanmoins, on me fit très vite partir pour Hanoï, afin d'y rejoindre le détachement nord. Après la chaleur de Saïgon, le climat de Hanoï me parut délicieux. Mais j'étais surtout heureuse de rejoindre tout de suite le Tonkin, où avaient lieu les plus grosses opérations militaires.

Je ne m'attendais pas à être si vite plongée dans le bain... Arrivée à Hanoï le 5 mai 1953, j'en redécollai le jour même, pour accompagner une convoyeuse à Luang Prabang. Il s'agissait d'évacuer des combattants ayant effectué dans la brousse une marche épuisante de soixante kilomètres. C'étaient des res-

1. On prononce *cholen.*
2. Le mot, qui signifie veste longue, se prononce *ao zaï.*

capés de Sam Neua et de toute la région de Luang Prabang. La ville royale du Laos, avec ses ravissantes pagodes bordant la rue principale, semblait relativement calme ; mais on débroussaillait tout de même ses alentours pour éviter une attaque surprise. Cette région montagneuse et boisée était en effet très dangereuse en cas d'attaque, car chaque bosquet pouvait dissimuler un véritable guet-apens. Ce jour-là, nous nous sommes aussi posés à Vientiane. Les jours suivants, les missions d'évacuation me conduisirent à Xieng Khouang et à la plaine des Jarres, où se déroulaient de nombreux combats.

Ainsi, je découvrais, à partir de Hanoï, la vie minutieusement réglée d'une convoyeuse du détachement nord. Nous n'avions guère le temps de chômer : chaque matin, nous montions en Jeep au terrain d'aviation militaire de Bach Maï, gardé par des sentinelles marocaines. Nous partions par le premier avion disponible, civil ou militaire[1], en direction des blessés à évacuer, destination pour laquelle nous avions été désignées par notre chef d'équipe. La saison des pluies étant un peu en avance, les avions n'avaient pas toujours l'autorisation de décoller, car le plafond bas et la brume tenace rendaient les vols dangereux. Nous retournions alors sagement attendre notre tour dans la petite villa humide et peu confortable réservée aux convoyeuses.

Lors de mon premier jour de repos, je quittai notre villa, située au fond d'une impasse ouvrant sur le

1. En 1953, les convoyeuses volaient encore souvent sur des Dakota civils, en 1954, il n'y eut plus que des Dakota militaires, appelés C47. Les Dakota étaient des avions plus spacieux, plus rapides et plus silencieux que les Junkers. Ils étaient bien conçus pour les évacuations sanitaires.

boulevard Gambetta, en face de l'hôpital Lanessan [1], pour me promener dans Hanoï.

Tous parlaient du charme du Petit Lac, et j'avais hâte de le découvrir. Laissant derrière moi le théâtre, j'avançai par la rue Paul-Bert, encombrée de vélos. Lorsque j'arrivai au Petit Lac, je fus séduite à mon tour par le spectacle. Sous mes yeux, le marché aux fleurs, avec ses kiosques débordant de couleurs, et, sur le miroir du lac, le pagodon. Les ombres légères des arbres de la berge et les reflets des nuages se déplaçant sur l'eau accentuaient encore le charme et la vie qui se dégageaient de l'ensemble. J'y reviendrais certains soirs pour croiser les jeunes amoureux recherchant ce lieu romantique, et admirer les jeunes filles en ao daï immaculé, avec leurs longs cheveux noirs attachés sur la nuque. Mais ce jour-là, je continuai vers le vieux quartier vietnamien : la rue de la Soie, la rue du Coton, aux devantures colorées et chatoyantes sous les frondaisons des flamboyants. Enveloppées d'effluves d'Orient, les femmes circulaient, leur chapeau conique sur la tête et leur balancier sur l'épaule ; elles trottinaient de leur démarche si caractéristique, portant de gros paniers de fruits ou de légumes. Généralement, elles étaient habillées d'un pantalon de satin noir et d'une courte veste blanche. Une longue tresse de cheveux enserrés dans un bandeau de tissu noir leur ceignait la tête. Des hommes passaient, transportant dans leur balancier tout ce qu'il faut pour faire un *pho,* cette soupe de nouilles

1. Le grand hôpital de Hanoï portait le nom de Jean-Marie Antoine de Lanessan, médecin et homme politique français mort en 1919, qui avait contribué à la fin du e à la pacification du Tonkin en tant que gouverneur général. Il fut ensuite ministre de la Marine dans le cabinet Waldeck-Rousseau.

de riz agrémentée de lamelles de viande et arrosée d'un bouillon très épicé, et s'arrêtaient à la demande.

Comme on se sentait loin des combats ! Hanoï, c'était la détente du guerrier. Les copains en poste à Na San étaient ravis, lorsqu'ils étaient au repos, de sortir avec les convoyeuses. Avec eux, nous allions prendre un verre aux bars bien connus du *Métropole* ou du *Splendide*, là où nous emmenaient les équipages du Transport après des journées très intenses. Depuis les débuts de la guerre, on croisait dans ces bars la clientèle animée et cosmopolite des nombreux journalistes et écrivains venus d'Europe ou d'Amérique pour « couvrir » l'Indochine : Jean Lartéguy, Jules Roy, Graham Greene, Lucien Bodard, Max Olivier-Lacamp, Max Clos, Fred Spark, Jean-François Chauvel...

Les jours de détente, bien rares, je goûtais parfois aux plaisirs de la voile sur le Grand Lac. C'était un autre genre de dépaysement. Les lilas du Japon, sur la digue, balançaient leurs fleurs bleues, et lorsque l'on s'éloignait du bord, le paysage et le grand silence vous transportaient bien loin de la ville. Soleil et brise, quel repos !...

À cette époque-là, les missions d'évacuation sanitaire nous emmenaient régulièrement vers Lai Chau, au nord-ouest de Hanoï, dans la haute région. Je ne me lassais pas d'admirer le paysage lorsque l'avion passait presqu'en rase-mottes, au-dessus du col Claveau, avant de virer à 45 degrés à droite pour s'engager dans la vallée à l'extrémité de laquelle se trouvait le terrain. Sur la route qui longeait la piste marchaient en file indienne des femmes thaï, à la démarche gracieuse et si élégantes dans leur costume traditionnel, corsage blanc ajusté d'agrafes d'argent, longue jupe de tissu foncé, large chapeau plat en latanier...

Si j'aimais aller à Lai Chau, c'était aussi parce que l'antenne médicale y était dirigée par le médecin-commandant Millon, que nous appelions le Toubib. C'était le grand ami des convoyeuses ; nous le trouvions toutes sympathique, chaleureux, et il savait toujours nous expliquer clairement ce que nous avions à faire. Un jour, un accrochage avait eu lieu à trente kilomètres de Lai Chau et le Vietminh avait coupé la route. Un hélicoptère se préparait à partir, mais la visibilité était mauvaise à cause des pluies et gênait l'évacuation des blessés. En attendant leur arrivée, je partis en Jeep avec le Toubib, voir des malades dans la vallée. Une vieille femme thaï refusait de se laisser conduire à l'hôpital Lanessan, à Hanoï. Nous pénétrâmes dans sa maison, bâtie sur pilotis : toute la famille y vivait pêle-mêle, avec la vieille femme et deux petits bébés nus dormant dans un coin. Au retour, nous nous sommes arrêtés dans un poste en partie enterré. Il était tenu par un goum [1] de Marocains, qui avaient construit eux-mêmes une petite chapelle de bambous, où l'aumônier de Lai Chau venait dire la messe le dimanche.

En 1953, les missions sur Na San, à l'ouest de Hanoï, occupaient la plus grande partie de notre temps. Les services s'y enterraient, car le commandement avait décidé à l'automne de 1952 d'en faire un solide point d'appui pour arrêter la progression du Vietminh vers le Laos. Un peu ce que l'on voulut refaire l'année suivante à Dien Bien Phu... Située dans une région montagneuse en pays thaï, la position était seulement accessible par les airs. De nom-

1. Un goum était l'équivalent d'une compagnie, un tabor celui d'un bataillon. En principe, leurs membres n'étaient pas des réguliers, mais des Marocains engagés sous contrat temporaire dans l'armée française.

breux avions civils d'Autrex, d'Aigle Azur, de la Cati, d'Air Vietnam avaient été réquisitionnés pour amener les renforts de troupes et évacuer les blessés. À notre arrivée, nous nous rendions à l'antenne chirurgicale, où étaient rassemblés les blessés en attente de leur évacuation. Elle était dirigée par le médecin-capitaine Clastre, assisté de deux infirmières militaires [1], qui nous indiquaient les soins à donner durant le vol. Sur les avions militaires qui n'étaient pas pressurisés, il était notamment indispensable de faire respirer de l'oxygène aux blessés et de soutenir leur tension artérielle.

Un jour, à la suite d'un sérieux accrochage, furent annoncés de nombreux blessés. Quand j'atterris sur la piste de Na San, deux Dakota ayant à bord deux de mes camarades convoyeuses repartaient déjà vers Hanoï avec un premier groupe d'hommes. Lorsque les ambulances que j'attendais apparurent enfin, la nuit tombait, le plafond était très bas, et l'avion n'était plus autorisé à décoller. Je passai donc la nuit à aider les infirmières, à prolonger les « déconnexions », dont le procédé avait été mis au point par le docteur Henri Laborit pour réduire le *shock* [2], consécutif au traumatisme des blessures, et j'assistai à une opération.

Cette nuit-là, j'eus un avant-goût de ce que j'allais vivre, mais en bien plus dramatique, dix mois plus tard à Dien Bien Phu...

J'avais pu admirer la compétence, le dévouement de ces deux infirmières. Une heure après leur arrivée, les blessés étaient « déconnectés », soignés et prêts à

1. Mlles Sancan et Monge.
2. Phénomène dépressif qui est la réponse de l'organisme à une agression, que celle-ci soit traumatique ou opératoire.

être évacués. Elles étaient des filles formidables ; comme elles étaient un peu isolées, seules femmes au milieu de milliers de combattants, elles étaient ravies de voir arriver les convoyeuses de l'air, dont la présence les rassurait sur le sort des blessés, une fois installés dans l'avion [1].

Le jour de l'Ascension, alors que la messe à laquelle j'assistais dans un abri souterrain s'achevait, un tout petit avion, un Morane, amena un blessé vietnamien qui avait sauté sur une mine au cours d'un accrochage : tension artérielle à 4, jambe droite broyée, la gauche fracturée ainsi que le bras gauche. Toute la journée, nous avons lutté pour que sa tension remonte. Au moment du dernier décollage, elle n'était encore qu'à 6. Le pilote obtint l'autorisation de faire attendre l'avion. À 20 heures, j'emmenai le blessé, déconnecté et hiberné [2], sous perfusion de plasma. Je tremblais de le voir mourir dans l'avion. Lorsque je passai le voir à l'hôpital Lanessan, il était amputé des deux jambes et de la main gauche. C'était atroce...

Le lendemain, je me rendis à Xieng Khouang pour aller chercher quatorze blessés, dont six grièvement. La période était chargée, nous effectuions deux missions par jour. Après Xieng Khouang, c'était Luang Prabang. À mon retour à Hanoï, je griffonnai quelques lignes rapides à ma mère : « À peine rentrée de

1. À ce moment-là, il y avait encore des femmes dans les antennes chirurgicales, ce qui fut jugé par la suite trop dangereux. À Dien Bien Phu, après les premières attaques, toute présence féminine sera interdite.

2. L'hibernation, toujours pratiquée par un médecin, consistait à faire baisser artificiellement la tension et la température du blessé, à l'aide de vessies de glace posées sur son tronc et sur ses membres et d'une perfusion délicate à doser.

Luang Prabang, je repars dans quelques minutes pour Na San. » J'eus tout juste le temps de passer par l'hôpital Lanessan, où j'appris que le blessé amputé des deux jambes était mort. Peut-être était-ce mieux ainsi... S'il avait survécu, qu'aurait fait ce jeune Vietnamien dans les rizières avec des jambes de bois [1] ?

La seconde quinzaine de juin 1953 fut plus calme. Descendue à Saïgon avec vingt-quatre blessés couchés, je pus y rester quarante-huit heures et m'y détendre avec des amis. La vie que je menais depuis deux mois en Indochine me passionnait et j'avais la chance de bénéficier d'une santé de fer ; mais les journées de repos n'étaient pas superflues pour reprendre des forces.

Au début de juillet, la saison des pluies inonda Hanoï ; on sortait pieds nus, avec parfois de l'eau jusqu'aux genoux. Un dimanche, je fus désignée pour représenter les convoyeuses à Doson [2], à une messe dite pour les morts du Franche-Comté, l'un des quatre groupes d'aviation de transport alors présents en Indochine [3]. Le commandant du groupe [4] me fit survoler la fameuse baie d'Along et découvrir les calcaires surgissant de la mer de Chine, qui en font un endroit merveilleux. La brume rendait le paysage presque irréel. Redescendue à Saïgon avec un Dakota sanitaire emmenant vingt-quatre blessés couchés, qui devaient être hospitalisés à l'hôpital Grall, j'eus

1. À l'époque, en Indochine, on ne mettait pas encore de véritables prothèses, mais de simples pilons de bois.

2. Terrain d'aviation situé près de Haïphong.

3. Les quatre groupes de transport étaient : le Franche-Comté et le Sénégal, basés à Hanoï, le Béarn, basé à Nha Trang, mais avec un détachement à Hanoï, et l'Anjou, basé à Saïgon, avec également un détachement à Hanoï.

4. Le commandant Fourcault.

la chance de pouvoir me rendre à Nha Trang, situé au nord-est sur la côte, non loin de Dalat, et d'y découvrir la magnifique plage bordée de cocotiers et de filaos, et entourée de montagnes.

De retour à Hanoï, je montais à Bach Maï pour y prendre le premier avion pour Na San, lorsque notre Jeep fut arrêtée en bordure de piste : l'opération Hirondelle allait commencer. J'assistai en première ligne au décollage, toutes les trois minutes, des Dakota qui allaient parachuter deux mille combattants à Langson sur la frontière chinoise et cinq cents à Loch Binh, avec mission de détruire les dépôts viet-minh : armes, munitions, carburants et autres. L'un des Dakota ne réussit pas à décoller et s'écrasa sur la piste [1]. Le suivant roulait déjà et je le vis s'élever, franchir l'obstacle, retoucher la piste en roulant et s'arracher enfin dans une manœuvre ahurissante !

Les évacuations à partir des différents sites d'opérations militaires du Tonkin sur l'hôpital Lanessan étaient de courte durée. Mais régulièrement des évacuations étaient déclenchées, de Hanoï vers Saïgon de vingt-quatre blessés couchés par Dakota sanitaires. L'un des objectifs était de désengorger l'hôpital de Hanoï, vite débordé lorsque de graves accrochages se produisaient. La veille du jour dit, nous allions à Lanessan voir les blessés et prendre les consignes, en empruntant les galeries couvertes qui traversent les jardins et conduisent aux différents services. Nous avions très souvent à transporter des « crâniens » car l'hôpital spécialisé pour les opérer était l'hôpital Grall, à Saïgon. Dans ce cas, le vol ne pouvait se faire

1. Le pilote, qui survécut, apprit que l'on avait embarqué en dernière minute un colis d'armement supplémentaire en queue d'avion...

en direct au-dessus de la cordillère Annamitique, qui culmine à deux mille six cents mètres, et le pilote, pour éviter de monter en altitude, devait contourner la côte. Les évacuations duraient alors près de sept heures, avec le risque de turbulences en basse altitude. Pendant le vol, nous n'arrêtions pas : nous devions surveiller les perfusions, qui se déréglaient à toute variation de pression atmosphérique, ainsi que la tension, le pouls et le rythme respiratoire des blessés. Nous étions alors aidées par un infirmier du service de santé de l'Air. Lorsque nous arrivions à Saïgon, siège du détachement sud, nous y restions quelques jours, en attendant qu'une autre convoyeuse arrive du nord et nous accomplissions à la demande les évacuations sanitaires de Seno, de Vientiane ou de Phnom Penh vers Saïgon.

En septembre 1953, après ces trois mois intenses passés en Indochine, je fus affectée à Alger pour deux mois, pour convoyer les Junkers qui assuraient les « lignes sahariennes ». Ô joie, je partais avec Alberte Othnin-Girard, l'une de mes deux camarades de promotion. Au cours de ces mois, nous volerions chacune de notre côté pendant la semaine, mais nous nous retrouverions entre les missions. Pendant des heures, le soir, nous échangerions nos impressions et, au premier moment libre, circulerions le plus possible pour découvrir l'Algérie, encore très calme à cette époque.

De Maison-Blanche, le terrain militaire d'Alger où nous étions basées, nous effectuions chaque semaine un « circuit saharien », qui nous menait dans le Sud tunisien, le Sud algérien ou le Sud marocain. Comment dire l'émerveillement que je ressentis alors ? Les paysages que je découvrais depuis les hublots de l'avion possédaient une beauté à couper le souffle. J'aimais ce contraste entre les dunes claires et les oasis d'un vert cru. La lumière était si belle, la limpidité de l'air si éblouissante...

Nous volions sur les Junkers du groupe Algérie, qui assuraient le transport des passagers et du ravitaillement jusqu'aux portes du désert. Nos chargements ressemblaient à un invraisemblable capharnaüm, où s'entassaient passagers, mères et bébés, chèvres et cabris, fruits et légumes odorants, selles de chameau, instruments de musique touareg... Aux militaires et à leurs familles se joignaient très souvent des autochtones, mais aussi quelques touristes français ou étrangers, en particulier dans la région du Hoggar, et parfois quelques missionnaires marqués par la personnalité du père de Foucauld.

Ces avions militaires n'étaient pas pressurisés. La chaleur et les secousses des vols à basse altitude rendaient les trajets très pénibles pour les passagers. À vrai dire, la convoyeuse n'en menait généralement pas large non plus, mais elle devait dépasser ses propres malaises pour voler au secours des mamans et des enfants, complètement affolés au moindre trou d'air.

La navigation était rarement de tout repos. Les vents de sable déréglaient souvent les instruments de bord. Lors d'un vol sur Ghardaïa, oasis située dans le nord du Sahara algérien, le pilote naviguait à l'estime en suivant une route, jusqu'à ce qu'il aperçût un terrain où il pût se poser. Aux gars de l'escale qui venaient mettre en place l'escalier métallique, je l'entendis lancer : « Nous sommes bien à Ghardaïa ?... » La réponse le laissa tout pantois : nous étions à Biskra, à trois cents kilomètres au nord-est de notre destination, au pied du massif de l'Aurès !

Les escales nous amenaient dans les postes des Affaires indigènes, où nous avions des contacts amicaux avec les officiers sahariens et leurs épouses. Celles-ci nous chargeaient de petits achats à effectuer à Alger, et nous représentions pour elles un lien entre le désert et la vie civilisée. Je me souviens notamment d'une escale à In Salah, où des épouses nous avaient demandé quelques emplettes de mercerie : on les sentait très isolées et heureuses du passage des convoyeuses.

Dans ces postes, nous rencontrions les fameux officiers méharistes, qui régnaient, c'est bien le mot, sur des étendues de sable plus vastes que la France. À Fort-Polignac, le capitaine des Illouzes avait l'allure d'un moine-soldat. Tous, avec leurs fières traditions et leur sens de l'hospitalité sans limites, faisaient vraiment figure de seigneurs du désert.

Je me rappelle encore l'accueil cordial que nous avait réservé à Djanet, dans le Tassili, l'un de ces officiers, le commandant Lelièvre, qui commandait la région. Nous couchions au bordj [1] perché sur une colline. Il faisait chaud, et j'appréciai la douche rustique faite d'une touque d'eau, c'est-à-dire d'une grosse boîte de conserve qu'une corde permettait de basculer. Le commandant Lelièvre avait vécu trente ans dans cette ravissante oasis perdue dans la montagne. Mais il venait de recevoir son ordre de mutation pour l'Allemagne, et nous étions chargés de le ramener en France. Je me suis souvent demandé par la suite si ce vieux blédard avait pu se réadapter au monde européen...

Sur ce même vol de retour, je dus évacuer une malade, sujette à des crises nerveuses, qui me posa quelques problèmes lors du premier atterrissage. Je pus lui rendre visite à l'hôpital en vue de donner des nouvelles à sa famille.

---

1. Village fortifié.

Notre séjour en Algérie comportait tout de même aussi des moments de détente, dont nous profitions Alberte et moi pour nous reposer au bord de la mer ou pour aller voir des cousins, ou encore pour jouer les touristes. Aux environs d'Alger, nous pouvions notamment monter dans le massif du Djurjura, qui culmine à deux mille trois cents mètres d'altitude, nous rendre en car jusqu'à Cherchell, revenir à Alger par la splendide route de la Corniche, qui passe par Tipasa, nous promener dans les ruines de cette ancienne ville romaine, en admirer les vestiges : amphithéâtre, temple, nymphée, théâtre, grande basilique, cimetières chrétiens...

Mais finalement, c'étaient surtout les missions qui me donnaient la meilleure occasion de sillonner le pays en tous sens et d'en découvrir les villes aussi bien que les oasis perdues dans un désert de sable : Ouargla, Fort-Flatters, Fort-Polignac, Tamanrasset, Biskra, Aoulef, Adrar, Colomb-Béchar, Oran... J'attendais avec impatience de découvrir El Golea, la Perle des oasis. Mais je fus un peu déçue : l'afflux des touristes, qui venaient dès l'hiver y admirer les roses de sable, lui ôtait un peu du charme que confèrent l'éloignement et la solitude du désert... Nous étions partout très bien accueillies. À Tamanrasset, le Toubib me fit visiter les lieux en Jeep, et je pus rencontrer le frère Jean-Marie ainsi que les petites sœurs du père de Foucauld, jeunes et charmantes.

L'escale était malheureusement trop courte pour permettre de nous rendre à l'Assekrem, où se trouve l'ermitage. Je le regrettais beaucoup, tant m'impressionnait la personnalité du père de Foucauld. Par bonheur, des années plus tard, j'ai pu réaliser ce rêve, en passant quatorze jours au Hoggar avec mon mari et des amis. C'est un souvenir très fort, car nous avons dormi à la belle étoile, en regardant le ciel immense, à proximité de la petite chapelle où un petit frère de Jésus a célébré pour nous une Eucharistie. Puis nous avons marché plusieurs jours dans les paysages somptueux des massifs dont les couleurs changeaient à l'aube et au crépuscule, en goûtant le silence. Il était facile de comprendre pourquoi l'ermite du Sahara aimait le désert et s'y sentait plus proche de Dieu.

Certaines missions nous emmenaient dans le Sud marocain ou dans le Sud tunisien. Tous les détails de l'un de ces vols, qui nous avait conduits vers Tunis, Gabès, Ghadamès, Sebha et Ghat restent aujourd'hui encore gravés dans ma mémoire. Parmi les passagers, je devais m'occuper de deux femmes et de quatre enfants âgés de un à sept ans, qui avaient presque tous le mal de l'air ! Il y avait aussi une femme arabe âgée de soixante-treize ans qui se rendait de Tunis à Ghadamès et ne parlait pas un mot de français. Avec une irrésistible gentillesse, elle me forçait à accepter gâteaux, fruits, boissons dont je n'avais nulle envie... Une fois que je l'eus débarquée à bon port, à Ghadamès, je pus me remettre de toutes ces sucreries en me baladant dans la palmeraie et toute la vieille ville, escortée du chef de poste et d'un jeune sous-lieutenant.

L'une des escales les plus marquantes restait Ghat, jolie oasis, dominée par un vieux fort en ruines, avec dans le lointain d'énormes falaises rocheuses. À côté de l'immense place centrale, entourée de maisons d'une teinte presque rouge, des femmes jouaient ce jour-là du tobal, une sorte de tambourin, pour célébrer le retour de La Mecque d'un chef arabe occupant le poste de préfet. Au crépuscule, les palmiers se découpèrent en noir sur un ciel devenu entièrement rouge. Cette vision accentuait encore le caractère de la petite ville, construite avec un réel souci d'urbanisme et une unité de style étonnante, pourtant fait d'un mélange de styles arabe et soudanais. Quant au magnifique hôpital de Ghat, nombre de nos villes françaises auraient pu, à l'époque, le jalouser...

Ma mission en Algérie touchait à sa fin. Avec un peu de nostalgie, je décidai, pour prendre congé de ce pays que j'avais tant aimé, de monter à Notre-Dame d'Alger, d'où je pourrais admirer le panorama splendide sur la baie, surmontée de ses maisons blanches. Et en fait, c'est au décollage, comme à l'arrivée, deux mois plus tôt, que j'admirai le plus la vue sur cette ville si attachante, qui mérite bien son nom d'Alger la Blanche.

Dans la tourmente

Au même moment, en Indochine, la situation sur le terrain évoluait à une vitesse impressionnante et prenait un tournant décisif.

Le 19 novembre 1953, le général Henri Navarre, qui avait remplacé depuis mai le général Salan comme commandant en chef en Indochine[1], lançait l'opération Castor : il s'agissait d'investir complètement le site de Dien Bien Phu, l'un des chefs-lieux du pays thaï, proche de la frontière laotienne. La mission avait pour objectif de protéger le Laos, premier pays à être entré dans l'Union française, et d'empêcher une progression ultérieure du Vietminh vers l'ouest, dans cette région qui constituait aussi une formidable réserve de riz. Si Dien Bien Phu (Muong Theng, en thaï) fut choisi pour y établir le camp retranché, c'est notamment parce qu'une ancienne piste d'atterrissage, pouvait y être réaménagée.

1. « Il manquait [au général Navarre] ce rayonnement que seule peut donner une passion intérieure. Mais il possédait d'éminentes qualités intellectuelles, une fermeté de caractère, une culture générale et militaire qui le qualifiaient pour un grand commandement. Il n'en demeurait pas moins que la guerre d'Indochine était pour lui un domaine nouveau dans lequel il pouvait avoir à prendre d'importantes décisions avant d'avoir eu le temps de s'initier à ses singularités » (général Yves Gras, *Histoire de la guerre d'Indochine,* Plon, 1979).

En plein cœur des montagnes thaï, le site se présentait comme une longue vallée de dix-huit kilomètres de longueur sur sept de largeur, au fond tapissé de vertes rizières et traversée du nord au sud par une petite rivière, affluent du Mékong, aux berges assez escarpées, la Nam Youm. Pour les Français, ce lieu, entouré de sombres crêtes hostiles et d'une jungle épaisse, était quasiment inaccessible par la route. Mais la piste allait être vite réparée et rendue « dakotable » : les C47 seraient en effet indispensables pour établir un pont aérien avec Hanoï, apporter le matériel nécessaire à l'installation du camp retranché, assurer le ravitaillement du lieu et par la suite l'évacuation des blessés. Malheureusement, la situation de Dien Bien Phu, à trois cents kilomètres à l'ouest de Hanoï, était à la limite du potentiel de vol des avions. Ce handicap devait se révéler majeur...

Le 20 novembre, trois premiers bataillons parachutistes – ceux des commandants Bigeard, Bréchignac et Souquet – et un groupe de canons de 75 sont largués sur Dien Bien Phu, suivis les 21 et 22 novembre de trois autres bataillons. En trois jours, 4 445 hommes et 203 tonnes de matériel arrivent par les airs, en 250 rotations de Dakota... Immédiatement, les hommes se mettent au travail ; de tous côtés, on creuse, on aménage, on renforce, on crée des abris souterrains. Bientôt seront établies tout autour du camp retranché des positions que l'on baptisera, curieusement, de prénoms féminins : Gabrielle, Anne-Marie et Béatrice au nord ; Dominique et Eliane à l'est ; Huguette, Françoise, Claudine et Junon à l'ouest ; enfin Isabelle, nettement plus éloignée, à cinq kilomètres au sud du poste de commandement. Une antenne chirurgicale souterraine est aménagée, dont on reconnaîtra facilement l'emplacement aux quelques ambulances stationnant à ses abords immédiats.

C'est le 12 janvier 1954 que je reviens en Indochine pour la deuxième fois. Mon séjour est prévu cette fois pour six mois, car l'évolution de la situation au Tonkin a augmenté les besoins. L'équipe de convoyeuses a donc été renforcée dans le nord et la durée du séjour allongée[1].

À mon premier posé à Dien Bien Phu, le camp retranché m'apparaît déjà intégralement dénudé : vu du ciel, c'est un univers de boyaux, de tranchées, d'abris, dont les entrées sont signalées et consolidées par des rondins et des sacs de sable. Les points d'appui se dessinent dans les collines, et l'on aperçoit dans la plaine, à mesure que l'on descend, les toiles brunes qui couvrent encore les abris. Une fois au sol, les collines, vertes et boisées, semblent tout d'un coup moins hostiles que l'univers végétal survolé, dont on a pris d'avion la dimension inquiétante. Quelques rizières, au loin, frémissent encore dans le vent, mais le camp est cerné de très près par une inquiétante jungle, où l'homme doit se frayer un chemin au coupe-coupe.

En fait, Dien Bien Phu est devenu dès novembre 1953 la mission principale des convoyeuses détachées à Hanoï. Chaque jour, deux d'entre nous sont désignées pour se rendre dans le camp retranché et évacuer les blessés, nombreux lors des sorties des bataillons, dont l'idée est d'éviter l'encerclement de la position. Les convoyeuses attendent soit un départ d'urgence, lorsqu'un homme est grièvement blessé,

1. En 1954, sur un effectif total de trente-deux convoyeuses de l'air, une douzaine seulement est affectée en Indochine, dont dix à Hanoï, deux à Saïgon et une à Nha Trang à partir du début de l'opération Atlante (voir page 77).

soit le départ habituel, en fin de matinée ou d'après-midi, avec des blessés qui ont déjà reçu les premiers soins à l'antenne chirurgicale. Il y a aussi des malades atteints de typhus, de dysenterie, de paludisme...

Conscient de la gravité de l'enjeu, le général Navarre, qui n'a pas obtenu les moyens demandés pour l'exécution de son plan, ne cesse de réclamer des forces en hommes et en matériels supplémentaires, qu'il n'obtiendra jamais totalement. En France, les gouvernements de la IVe République se succèdent et l'Indochine, à douze mille kilomètres de la métropole, ne pèsent pas d'un grand poids électoral. René Coty vient tout juste d'être élu à la présidence de la République. Les communistes, soutenus par l'intelligentsia marxiste, poursuivent leurs sabotages et leur campagne de dénigrement contre la guerre d'Indochine. Boris Vian écrit la chanson *Le Déserteur*[1]...

En ce début d'année 1954 se tient aussi la conférence de Berlin, qui réunit les représentants de la France, des États-Unis, de la Grande-Bretagne et de l'URSS. Les forces du général Giap ont déjà investi la zone de Dien Bien Phu, mais le général en chef des troupes vietminh renonce à attaquer, ne se sentant pas en position de force. En revanche, lorsque la conférence, à laquelle siègent les ministres des Affaires étrangères des quatre Grands[2], s'achève par l'annonce d'une nouvelle conférence sur la paix qui se réunira à Genève en mai[3], la Chine décide soudain

1. Cette chanson a été déposée par Boris Vian à la Sacem le 15 février 1954. Mouloudji l'a chantée dès mai 1954 sur la scène du théâtre de l'ﬁuvre.

2. Georges Bidault, John Foster Dulles, Anthony Eden et Molotov.

3. La conférence de Genève s'est terminée en juillet avec l'arrêt des hostilités.

d'apporter une aide massive au Vietminh pour que celui-ci arrive en position de force à la table des négociations. Aide non avouée en artillerie, DCA, munitions, camions, instructeurs... En très peu de temps, les combattants vietminh font alors un effort colossal pour apporter des canons, qu'ils abritent dans des tunnels. Ils creusent des tranchées et encerclent toutes les positions françaises. Les données du combat changent soudain du tout au tout, et la révélation de la puissance de l'artillerie vietminh provoque une véritable surprise tactique dans le camp retranché.

Mais Dien Bien Phu n'est pas notre seule mission dans le nord. Je vais souvent chercher des blessés au Laos, à Xieng Khouang, à Luang Prabang, à Muong Saï, ou dans le delta tonkinois, où les engagements sont violents et fréquents. Les évacuations courtes y sont parfois fatigantes, et nous sommes souvent l'objet de tirs anti-aériens. Le 8 février, alors que je suis d'alerte à la villa des convoyeuses, car notre chef d'équipe, Renée Martin – dite Martine –, trouve que j'ai trop volé, je suis appelée pour une urgence opérationnelle. Sept fois de suite je me pose à Nam Dinh pour charger, avec l'aide d'un infirmier, vingt-quatre blessés couchés sur des brancards, qu'il faut décharger à Hanoï vingt minutes plus tard, en surveillant attentivement ceux qui sont gênés par ces rapides changements d'altitude.

Lorsque je me pose à Dien Bien Phu comme beaucoup d'autres fois, le 28 février 1954, un grave accident vient de se produire. Deux avions de chasse Bearcat se sont heurtés en atterrissant ; l'un des pilotes a été tué sur le coup, l'autre est dans le coma avec une fracture crânienne. Habituellement, les blessés au crâne sont ramenés sur Hanoï, puis évacués sur l'hôpital de Saïgon pour y être opérés lorsque leur état est stabilisé. Ce jour-là, le médecin-commandant Grauwin, qui dirige l'antenne chirurgicale de Dien Bien Phu, estime que la seule chance de sauver le jeune pilote est de le diriger directement vers Saïgon.

Je n'oublierai jamais cette évacuation, qui a duré près de cinq heures, avec ce seul blessé à bord. Avec l'équipage et le commandant de bord, le capitaine Cornu, elle nous a tous marqués. La vie du jeune pilote ne tient qu'à un fil, et je l'ai entre les mains. Deux goutte-à-goutte infiltrent dans les veines du blessé le sang et le plasma nécessaires. Les changements d'altitude les dérèglent sans cesse et je dois continuellement intervenir pour régler leur débit. Je dois également poursuivre la déconnexion ; surveiller le pouls et la respiration et donner de l'oxygène si besoin ; prendre la tension artérielle et injecter des tonicardiaques. Je n'avais qu'un blessé, mais je me rappelle n'avoir pu souffler une minute pendant le voyage. De temps en temps, un membre de l'équipage entrouvre la porte pour s'informer de l'état du blessé. L'atmosphère est lourde et angoissante, il fait nuit et froid mais des gouttes de sueur perlent sur mon front. À son arrivée à l'hôpital, le jeune pilote est encore en vie, mais la partie n'est pas gagnée. Le lendemain, avant de remonter à Hanoï, je téléphone pour avoir des nouvelles ; on me dit que son état est stationnaire. Malheureusement, après dix jours, il meurt sans avoir repris connaissance. Je ressens une infinie tristesse en pensant à sa famille.

Deux jours plus tard, je quitte Hanoï pour le détachement sud : affectée seule à Nha Trang durant quinze jours, j'ai pour mission d'évacuer les blessés de l'opération Atlante, qui a démarré le 20 janvier[1].

---

1. Menée sous le commandement du général de Beaufort,

Tous les jours, je vais les chercher à Tuy Hoa, où les ont déjà amenés des ambulances ou des hélicoptères de toute la région de Qui Nhon, et je les ramène à Nha Trang, parfois à Saïgon. Le plus souvent, avant de se poser à Tuy Hoa pour aller chercher les blessés, l'avion, pour ne pas voler à vide, effectue une ou plusieurs missions de parachutage d'hommes ou de ravitaillement. J'observe alors avec admiration ce ballet parfaitement réglé d'hommes sautant les uns derrière les autres, au signal du largueur. Le « drop » du ravitaillement, notamment du riz, est un peu plus acrobatique : l'avion descend alors très bas pour lâcher des charges sans parachute, puis remonte à toute puissance. Mais ces vols à basse altitude me donnent l'occasion de profiter des paysages de ces régions très accidentées, où l'on plonge brusquement vers les creux de vallées encadrées de pitons. Ce côté touristique me détend avant de reprendre mon rôle de convoyeuse.

Le 13 mars, au mess des officiers de Nha Trang, je suis tranquillement en train de mettre à profit l'un de mes rares moments de liberté à équiper de rideaux la chambre affectée à la convoyeuse, lorsque j'apprends la terrible attaque déclenchée par le Vietminh sur Dien Bien Phu. Mes camarades Renée Martin et Jaïc Domergue ont été désignées ce jour-là pour aller chercher et convoyer les blessés du camp retranché. Alors que l'artillerie entre en action avec une

l'opération Atlante avait pour objectif de faire disparaître la zone vietminh qui s'étendait sur 400 kilomètres de longueur entre la mer et les plateaux au sud de Tourane, jusqu'au nord de Nha Trang, et qui constituait depuis 1945 une véritable province de la République démocratique du Vietnam, que les Français n'avaient jamais réoccupée (général Gras, *op. cit.* à la p. 69).

violence inouïe, elles peuvent miraculeusement redécoller de Dien Bien Phu et ramener à Hanoï l'une huit blessés, l'autre dix-neuf. Mais l'enfer ne fait que commencer...

Il est 17 heures 15. Plusieurs avions sont détruits au sol avant d'avoir pu redécoller : un Dakota, un Curtiss civil, un C119 Fairchild Packet, deux avions de chasse – des Bearcat. C'est la première attaque de cette importance. Elle est dirigée sur la position Béatrice, située à trois kilomètres au nord-est de la position centrale. Le commandant de la position et son adjoint sont tués dans leur PC lors de la préparation d'artillerie, d'une intensité effroyable. Chaque point d'appui se bat avec acharnement, mais les combattants vietminh, déjà à quelques mètres des positions françaises dans les tranchées qu'ils ont creusées, sont dix fois plus nombreux et se font précéder par des dynamiteurs. En quelques heures, les abris explosent sous les tirs d'artillerie. Au petit matin, il ne restera pratiquement aucun officier valide.

Pendant que Béatrice se défend encore héroïquement, un obus vietminh tombe en pleine position centrale, tout près du PC du colonel de Castries, le commandant de Dien Bien Phu, sur l'abri du lieutenant-colonel Gaucher. Celui-ci a le thorax ouvert et les membres déchiquetés ; il meurt dans les bras du père Heinrich, l'un des aumôniers présents dans le camp retranché. Sa mort est cruellement ressentie : la Légion et la défense de Dien Bien Phu perdent avec lui un chef prestigieux[1]. Le docteur Grauwin demande de toute urgence dix litres de sang et une

1. Le lieutenant-colonel Gaucher était le chef de corps de la 13e DBLE (demi-brigade de Légion étrangère) et commandant du sous-secteur ouest.

nouvelle antenne chirurgicale. Celle-ci est larguée le 14 mars vers 15 heures sur Isabelle[1].

Vers 18 heures, un tir de préparation ennemi débute sur Gabrielle. Le déluge d'obus et le combat à huit contre un auront raison de la position, après l'échec de la contre-attaque. Celle-ci ne peut que recueillir des rescapés d'un régiment de tirailleurs algériens, qui se sont battus toute la nuit. Le commandant Mecquenem est fait prisonnier, son adjoint le chef de bataillon Kah a une jambe brisée, arrachée. Il mourra aux mains du Vietminh le 27 mars.

Au pied de nos collines perdues, le moral de certains officiers commence à être gravement atteint. À l'aube du 15 mars, le colonel Piroth se suicide, s'estimant responsable de la faillite de l'artillerie française. Le lieutenant-colonel Keller, chef d'état-major du colonel de Castries, vit une dépression nerveuse. Il est relevé par le lieutenant-colonel Ducruix. L'effondrement des positions Béatrice puis Gabrielle a un effet de choc sur les troupes thaï du 3e Bataillon Thaï, qui occupait la position Anne-Marie. Soumis à une intense propagande vietminh par haut-parleurs, beaucoup désertent, entraînant l'abandon de la position.

Le 15 mars a lieu le largage d'une nouvelle antenne chirurgicale, celle du docteur Vidal, qui s'installe dans la position centrale au bord de la Nam Youm et vient renforcer l'antenne du docteur Grauwin. Le lendemain, le largage des parachutistes de Bigeard, à peine rentrés d'une opération effectuée après le succès de Castor, redonne espoir aux hommes, grâce à la réputation du bataillon et de son chef.

---

1. Cette nouvelle antenne sera dirigée par le médecin-lieutenant Résillot.

La piste a été endommagée et les Dakota ne peuvent se poser pour évacuer les blessés, qui s'entassent dans les abris dans les conditions les plus inconfortables. Dès que le terrain est réparé, les convoyeuses, en alerte à Hanoï, montent à bord des Dakota qui parachutent les combattants ou les colis, car ces avions sont prêts à se poser ensuite pour des évacuations sanitaires si les tirs de mortiers et de DCA adverses ne sont pas trop violents.

« Le 16 mars, raconte Jack Coudert, pilote du Franche-Comté, nous rentrons sur Hanoï après avoir parachuté les hommes du commandant Bigeard. Le chef des opérations qui nous attend sur le parking à Hanoï nous apprend que nous repartons dans la foulée pour un posé sanitaire à Dien Bien Phu. Les dernières nouvelles en effet font état de la remise en service de la piste et de la possibilité d'atterrissage. Une convoyeuse est à bord. J'effectue les manœuvres d'approche. Je suis dans l'axe à quatre minutes. C'est alors que l'enfer se déchaîne. Un premier obus s'abat en début de piste, sur le côté droit de l'avion, provoquant un énorme champignon de poussière. Éclatements et explosions se succèdent et jalonnent la piste, interdisant l'atterrissage de l'avion[1]. »

Pendant ce temps, le docteur Le Damany[2] récupère de la place pour les blessés dans tous les abris qui ne sont pas des abris dévolus au combat. Les infirmeries de bataillon augmentent leur capacité hospitalière, s'emparant elles aussi des popotes et des abris de repos pour la troupe, puisque désormais il n'y a plus de repos. Mais un drame se produit encore

1. Jack Coudert, *La dernière luciole,* février 2000.

2. Le médecin-capitaine Le Damany était le médecin chef de Dien Bien Phu. Il commandait l'infirmerie centrale du Groupement mobile no 9, où étaient rassemblés les blessés à évacuer.

à l'antenne principale. Un obus de mortier de 120 tombe sur la tente de triage. Trente-cinq blessés sont tués. Dansl'abri des abdomens, un obus de 105 tue sept blessés, sur les onze déjà opérés. Quant à la salle radio, elle servira désormais de réserve à pansements et médicaments, l'unique appareil radio ayant été détruit. Notre ignorance de la force de l'artillerie viet-minh a certainement été pour beaucoup dans le drame de Dien Bien Phu... Le docteur Grauwin fait appel au Génie et la compagnie du lieutenant Maury, aidée par les pionniers du 8e Choc du sergent Buczek, s'attelle à la tâche de réparer et consolider les abris. Nombre de blessés des attaques suivantes leur doivent la vie, même si leur rôle reste méconnu. Que de fois le sergent Buczek est venu à l'antenne, voisine du 8e Choc, pour voir si on avait besoin de lui. Mais le problème des places disponibles s'aggrave chaque jour et il faut absolument trouver une solution pour évacuer les blessés, car, malgré de multiples tentatives, seuls deux avions ont réussi à se poser depuis le 15 mars.

L'une de mes camarades convoyeuses, Michèle Lesueur, part de Hanoï le 17 mars à bord d'un avion piloté par le lieutenant de Ruffray. L'appareil, peint d'une croix rouge, emporte uniquement des caisses de médicaments. Il réussit à se poser mais le Viet-minh tire dès que commence le déchargement des caisses. Les blessés, qui patientent sur la piste, se précipitent pour monter. Comme les tirs deviennent très nourris, le pilote actionne la sonnette prévenant le personnel à l'arrière qu'il décolle, car il ne peut rester plus longtemps sous les feux de l'artillerie. Certains, qui n'ont pu monter, se sont un moment accrochés à la queue de l'appareil. L'avion redécolle sans que l'on ait eu le temps d'installer les évacués. Il s'élève péniblement. Lorsque Michèle compte ses blessés, elle en trouve trente-deux, dont beaucoup sont massés à l'arrière de l'appareil. Pendant ce temps, deux autres avions tournent au-dessus de la cuvette et assistent aux difficultés du premier. Ceux-là ne pourront se poser, en raison de la violence des tirs ennemis.

Il fait beau en ce 18 mars, et les parachutages se succèdent dans le ciel de Dien Bien Phu. La piste est en bon état. Le commandant Darde, son équipage et la convoyeuse Aimée Calvel parviennent au-dessus du site. Leur Dakota arbore une croix rouge sur le fuselage. À bord se trouve également le médecin-capitaine Lavendier, de la base de Bach Maï, qui veut se rendre compte par lui-même de la gageure des évacuations de blessés. Tous portent un gilet pare-balles. À peine l'appareil s'est-il posé que l'artillerie vietminh se déclenche vec une force inouïe et que Torri Rouge [1] lui donne l'ordre de redécoller. L'avion roule déjà lorsqu'un obus tombe si près qu'un éclat blesse le docteur Lavendier, malgré son gilet. Le commandant Darde réussit à arracher le Dakota de la piste et à rentrer à Hanoï, où il constate les dégâts : dix-neuf impacts. Le même jour, deux Dakota du Franche-Comté sont touchés en plein vol.

Le 19, les parachutes pleuvent sur le camp retranché. Le lieutenant Biswang, excellent pilote, ayant obtenu l'autorisation d'atterrir, se détache du circuit des parachutages et se pose. Elisabeth Gras, la convoyeuse, fait rapidement monter les blessés les

1. Torri Rouge était le nom du PC Air qui coordonnait l'action des appareils de combat. Ce nom provient de celui de Torricelli, physicien italien, disciple de Galilée, qui mit en évidence, au XVIIe siècle, l'existence de la pression atmosphérique.

plus valides tandis qu'un infirmier de l'antenne l'aide à installer les brancards. L'artillerie ennemie a déjà ouvert le feu et Biswang déplace l'avion, qu'il sauve de justesse : un obus de 105 éclate à l'emplacement qu'il vient de quitter. Il roule de nouveau et décolle sous une pluie d'obus. Il a l'ordre de déposer les blessés à Muong Saï et d'effectuer une seconde rotation sur Dien Bien Phu en dépit des conditions extrêmement dangereuses. Mais au cours de cet autre parcours, le commandant Guérin, qui dirige le PC Air, lui ordonne de faire demi-tour et de récupérer les blessés à Muong Saï pour les ramener à Hanoï.

D'autres Dakota sont en l'air, prêts à tenter un atterrissage pour évacuer les blessés, mais Christine de Lestrade et Brigitte de Kergorlay verront leurs espoirs déçus et reviendront à vide à Hanoï. Le lieutenant Biswang et Elisabeth Gras viennent, sans le savoir, de vivre la dernière évacuation sanitaire de jour.

Ce jour-là, venant de Nha Trang, où j'ai terminé mon détachement de quinze jours, je remonte à Hanoï pour reprendre ma place au détachement nord, selon le plan de travail normalement prévu. Sur le terrain de Tan Son Nhut, l'aérodrome de Saïgon, je rencontre un copain. « Où allez-vous, Geneviève ? », me demande-t-il. – « Je remonte à Hanoï et j'en suis ravie ! » – « Ne cherchez pas la gloire, réplique-t-il en souriant d'un air entendu. Elle fuit ceux qui la cherchent... »

Ce 19 mars, il reste à évacuer quatre cents blessés des attaques des 13, 14 et 15 mars. Le lieutenant-colonel Descaves, qui commande la base de Gia Lam[1], propose de poser les avions nuitamment.

1. L'un des deux aérodromes de Hanoï.

Huit C47 sont prévus pour la première nuit et si tout se passe bien, ils feront chacun deux rotations. La piste sera balisée par trois petites lumières, deux marquant l'entrée, la troisième la fin de la piste. Le montage est génial : « Nous allons essayer de nous poser par surprise, explique Descaves, moteurs coupés, avec un autre avion qui tournera au-dessus de la cuvette de telle façon que le bruit de ses moteurs camoufle celui de l'appareil en train de se poser. »

Descaves, qui a mis au point ces posés nocturnes, veut réaliser le premier, mais il est à Gia Lam alors que toutes les convoyeuses en alerte sont à Bach Maï, l'autre aérodrome. Les deux bases étant à l'opposé l'une de l'autre, on juge plus rapide de faire monter une convoyeuse de Hanoï par voiture, plutôt que d'en faire revenir une du terrain de Bach Maï. Le téléphone sonne donc à la villa des convoyeuses un quart d'heure peut-être après mon retour de Saïgon. Michèle Lesueur, qui y assure l'alerte, est là, seule avec moi. Elle décroche, prend le message, mais très gentiment se tourne vers moi et me dit : « J'ai déjà fait un posé à Dien Bien Phu depuis l'attaque du 13 mars ; si tu veux, tu peux y aller. »

Je ne me le fais pas dire deux fois ! J'attrape ma trousse sanitaire, mon poste à oxygène et fonce en Jeep jusqu'à Gia Lam. Quand j'arrive sur le terrain, les hélices des moteurs tournent déjà, je monte à bord, on referme la porte et l'avion décolle immédiatement. Pendant le vol, le lieutenant-colonel Descaves nous fait un petit briefing sur la façon d'embarquer les blessés. Chaque avion doit en charger dix-neuf, treize assis et six couchés. D'un côté de l'avion, on a laissé les sièges – des baquets métalliques – pour les blessés assis ; les six brancards seront posés à même le sol pour ne pas perdre une seconde et hissés à leur place un peu plus tard, lorsque l'avion aura atteint sa ligne de vol.

Nous arrivons sur Dien Bien Phu. La nuit est obscure, et avec un peu de chance nous nous poserons sans éveiller l'attention. Je pense à tous les blessés qui attendent leur évacuation et je prie Dieu que la tentative réussisse. L'atterrissage face au nord se passe bien. L'avion roule maintenant moteurs coupés. Dès l'arrêt, il est tourné à la main pour redécoller face au sud. Les ambulances sont là et tout se déroule avec calme et rapidité. J'ai le temps de lancer un bonjour aux infirmiers de l'antenne chirurgicale, que je connais bien et qui ont accompagné les blessés. Je me rappellerai toujours l'expression de joie qu'a eue en me voyant le responsable du transit qui aide à l'embarquement. Dans la nuit, leurs figures fatiguées, mal rasées semblent sortir d'un autre monde ; je ne peux m'empêcher de penser que j'ai bien de la chance de pouvoir repartir sur Hanoï, une fois ma mission accomplie.

« Nous l'avons échappé belle ! », s'exclament les blessés en manifestant bruyamment leur joie dans l'avion. L'un d'eux est un vrai miraculé : atteint au ventre le 13 mars et opéré à l'antenne par le docteur Grauwin, il a été enseveli sous le toit de la salle, qui s'est effondré sous les tirs de mortiers, où l'on avait placé les blessés de l'abdomen. La joie est générale. Je jubile intérieurement. On va pouvoir reprendre les évacuations !

Cette nuit-là, cinq Dakota ont réussi à transporter plus de cent blessés à la barbe du Vietminh ! Hélas, la manœuvre fut découverte, et les trois derniers appareils durent faire demi-tour sans s'être posés[1].

---

1. Les quatre autres Dakota avaient pour chefs de bord et

Les jours suivants, les évacuations de nuit sont interrompues, de manière à endormir la vigilance de l'ennemi.

Dans la journée du 22 mars, les hélicoptères évacuent quelques blessés sur Muong Saï, où un C47 les attend pour les ramener sur Hanoï, le rayon d'action des Sikorsky étant insuffisant pour un aller et retour entre Hanoï et Dien Bien Phu (six cent cinquante kilomètres environ). Je suis là-bas avec l'équipage et nous y accueillons les premiers évacués. Muong Saï est une petite ville située au sud-ouest de Dien Bien Phu, vers le Laos, où le terrain dakotable permet de transborder les blessés. Le 23 mars, à Isabelle, un hélicoptère touché par un obus au décollage retombe lourdement et prend feu. Le pilote, l'adjudant Bartier, une figure qui vient d'effectuer sa millième mission en Indochine et a sauvé deux cent cinquante blessés, est tiré hors du poste de pilotage, mais le sous-lieutenant Gambiez, le fils du général Gambiez[1], meurt carbonisé dans la carlingue.

À Muong Saï se prépare une tentative d'évacuation massive, de nuit, par hélicoptères. Sont réunis là les appareils de l'escadron de l'armée de l'Air et d'une compagnie de l'armée de Terre. Les deux commandants d'unité vont faire le premier vol. Mais les appareils sont encore dépourvus d'instrument de vol sans visibilité, et c'est la catastrophe : le Sikorsky s'écrase dans la montagne. À l'annonce de cette nouvelle, nous sommes tous consternés. Après la mort du sous-

---

convoyeuses : le capitaine Schmilewski et Christine de Lestrade, le sous-lieutenant Joachim et Brigitte de Kergorlay, le capitaine Vannier et Paule Bernard, le sous-lieutenant Hubert et Michèle Lesueur.

1. Le général Gambiez commandait alors la zone sud du delta tonkinois.

lieutenant Gambiez, les évacuations de jour par hélicoptère avaient été suspendues ; cette fois, c'est la fin définitive de ces évacuations, qui ont sauvé cent un blessés de Dien Bien Phu.

On tente bientôt d'autres posés de Dakota nocturnes, en comptant sur l'effet de surprise. Chaque soir, les horaires et le nombre des tentatives sont modifiés. Parfois, la météo elle-même interdit les atterrissages. Le 22 au soir, le commandant Rousselot et Yvonne Cozanet ramènent vingt-deux blessés après un décollage acrobatique. Dans la nuit du 23 mars, le Dakota du lieutenant Arbelet décolle de Gia Lam avec Aimée Calvel. La sonnerie du téléphone me réveille en pleine nuit à la villa des convoyeuses. Je me précipite, ma chambre étant la plus proche de l'appareil : j'apprends qu'Arbelet et son mécanicien ont été blessés et sont soignés à l'antenne de Dien Bien Phu. L'avion ne rentrera pas cette nuit ! Je me recouche et j'ai des frissons en pensant à Aimée, restée dans cet enfer... Pourtant, je ne me rappelle pas avoir eu peur lorsque je fus à mon tour bloquée à Dien Bien Phu.

Pour Aimée, ce n'est qu'une fausse alerte, mais l'émotion est de taille. Lorsque Arbelet se pose, un commando vietminh ouvre le feu. Les tirs devenant très violents, Arbelet actionne la sonnette et entame son décollage. C'est à ce moment que le pilote et son mécano sont touchés dans l'avion. Celui-ci se repose et les deux blessés sont transportés à l'antenne, où les docteurs Grauwin et Gindrey leur prodiguent les premiers soins. Le mécanicien, l'adjudant-chef Favrot, a les genoux brisés. Par chance, le pilote est moins grièvement atteint. Il pense pouvoir rentrer à Hanoï aux commandes de son avion, mais, pour plus de sécurité, le capitaine Payen, qui dirige au sol les avions de la chasse, partira avec lui. Le 24 mars au petit matin, avant que la brume ne se dissipe, Aimée installe à même le sol du Dakota le brancard sur lequel Favrot est allongé. Malgré les impacts, l'avion semble en état de voler ; Aimée me racontera tout de même qu'elle a été inquiète jusqu'à ce que l'appareil ait réellement pris son envol. On leur avait d'ailleurs donné l'ordre de se mettre dans l'avion en position de crash, en boule, genoux repliés...

Le même jour, nous apprenons que le Dakota du capitaine Koenig, également du groupe Béarn, a été touché par un projectile, sans doute une balle incendiaire dans un réservoir. Il a explosé. Je connaissais bien le capitaine, qui avait demandé à prolonger de trois mois pour obtenir son congé pendant les vacances de ses enfants... Quel drame !

La DCA ennemie devient d'une efficacité redoutable, et le 25 mars, c'est à nouveau un Dakota du Béarn, commandé par le capitaine Boeglin, qui est touché, alors qu'il largue à quatre cents pieds sur Dominique. Le moteur droit prend feu. Le pilote, le sergent Gay, décide de se poser à Dien Bien Phu, mais touché à nouveau, il doit couper l'autre moteur et se crasher dans les barbelés à la limite du camp retranché et d'un champ de mines, à l'ouest des positions Huguette.

Nous sommes maintenant dans une ambiance de guerre, où tout va très vite. Chacun donne sa mesure : les pilotes exécutent deux à trois missions par jour sur Dien Bien Phu. Sur les bases, les mécaniciens s'acharnent le jour et la nuit, et l'on en verra transportés d'urgence à l'hôpital Lanessan, au bord de l'épuisement.

Deux avions se posent encore dans la nuit du 25 au 26 mars : le capitaine Dartigues et Yvonne Cozanet sont dans le premier, qui évacue dix-neuf blessés. Le commandant Martinet et Elisabeth Gras sont dans le second ; sous des tirs nourris, celle-ci réussit à embarquer six blessés mais, de l'équipage touché la veille, seul le sergent Gay parvient à grimper dans le Dakota.

Trois posés sont prévus pour la nuit du 26 au 27 : le capitaine Bouguereau[1] et Paule Bernard, le lieutenant Erhard et Brigitte de Kergorlay, le commandant Louis de Saint Marc[2] et moi-même. Paule réussit à évacuer dix-neuf blessés et à faire monter dans l'avion les trois derniers membres d'équipage du Dakota qui s'était crashé deux jours plus tôt. Brigitte ne peut emmener que neuf blessés car son avion doit redécoller très vite sous les tirs du Vietminh.

Je suis dans le troisième. Du fait de difficultés radio, les ambulances ne sont pas encore là. Les tirs s'accentuent. Le commandant de Saint Marc juge trop risqué d'attendre davantage car, me dira-t-il plus tard, l'un des moteurs a donné des signes de faiblesse à l'aller. Les moteurs tournent. Voilà pourtant les ambulances, je les vois qui arrivent. Je me précipite au poste de pilotage. Trop tard ! L'avion roule et décolle. Je suis effondrée, et, pendant le retour, je ne cesse de penser à ces blessés qui croyaient leur libération toute proche. J'imagine leur désespoir. Je veux à tout prix revenir les chercher !

Yvonne Cozanet, notre chef d'équipe du détachement nord, discute car elle pensait effectuer cette prochaine mission. Mais, finalement, elle accepte de me céder son tour, et je l'en remercie. Ma mission n'étant pas accomplie, il est bien normal que je

---

1. Le 29 mars, le capitaine Bouguereau sera grièvement blessé aux commandes de son avion au-dessus du delta et mourra le lendemain.

2. Le commandant Louis de Saint Marc, qui commandait le groupe de transport Sénégal, est le frère d'Hélie.

reparte. Mais ce soir-là, consciente du danger, j'écris à ma mère une très longue lettre... Si je ne reviens pas, cette lettre devra l'aider à comprendre que je ne serai pas morte pour rien. Du moins, trouvera-t-elle, je l'espère, à la lecture de mes lignes, une certaine consolation, et peut-être aussi un peu de fierté.

Le piège se referme

Me voilà donc, le 28 mars à 4 heures 15, partie pour un nouveau décollage, avec l'équipage du commandant Blanchet[1]. Nous arrivons vers 5 heures 45 au-dessus de Dien Bien Phu. La visibilité est très mauvaise.

Deux fois, le commandant essaie de prendre la piste, deux fois il est obligé de « remettre la gomme », s'apercevant à la dernière minute qu'il n'est pas dans l'axe. Au troisième essai, nous atterrissons entre les deux petites loupiotes qui marquent l'entrée de la bande. Mais nous sortons légèrement de la piste et heurtons au passage un piquet de barbelés. L'appareil est maintenant à la hauteur des ambulances. Les blessés sont installés. L'artillerie française nous assure une certaine protection.

Le mécanicien, l'adjudant-chef Chauvin, sorti pour inspecter l'avion et voir si les barbelés n'ont pas endommagé la carlingue, revient navré : le réservoir d'huile est percé[2]. Quant à la pression : elle est à zéro. Pas question de repartir... Nouvelle terrible pour les

1. Il était le commandant en second du groupe de transport Béarn.

2. Capitaine Charnod, officier chargé du transit aérien, qui était sous l'avion, me dira plus tard qu'il avait senti tout à coup un jet d'huile couler sur lui.

blessés, dont certains sont déjà venus deux fois, trois fois même, dans l'espoir d'être évacués. Cette fois-ci, ils croyaient venue la fin de leur calvaire. On fait redescendre les hommes légèrement blessés, qui se mettent avec l'équipage dans l'abri du transit. Les blessés couchés restent à transporter, mais les brancardiers de l'antenne chirurgicale de Dien Bien Phu attendent toujours sur la piste les ambulances, qui n'apparaissent pas. Heureusement les tirs de mortier sont rares et lointains. Les ambulances finissent enfin par arriver et reconduisent tout le monde à l'infirmerie du Groupement mobile n° 9, où sont rassemblés les hommes à évacuer.

L'avion est déplacé jusqu'en bordure de piste, pour qu'il n'en gêne pas l'accès. Il faudra que Hanoï envoie la pièce de rechange pour le réparer, mais le commandant Guérin, qui commande le PCIA[1] et est responsable des moyens de l'armée de l'Air stationnés à Dien Bien Phu, interdit toute réparation de jour, trouvant le risque trop élevé. Je récupère mon matériel, trousse sanitaire, poste à oxygène, couvertures, et me rends à l'antenne, où je retrouve le docteur Grauwin et son équipe, qui me demandent avec avidité des nouvelles de Hanoï. Ils ne pensaient pas que nous nous reverrions de sitôt ! La veille, ils avaient reçu une lettre de moi.

Il fait encore nuit. À cette heure matinale, le brouillard protège l'avion et le rend invisible au Vietminh. Hélas, il se dissipe vers 10 heures, et leur artillerie entre en action. À 10 heures 30, au quatrième coup, notre avion est touché. Avec émotion, nous regardons les flammes et la fumée qui l'enveloppent...

La journée est calme, nul n'a besoin de moi à l'antenne, j'en profite donc pour aller voir quelques

1. Poste de commandement des interventions aériennes.

amis. Ayant encore dans les yeux les visions hallucinantes des évacuations de nuit que j'ai dû effectuer depuis une dizaine de jours, j'ai du mal à me faire une idée de l'ambiance réelle qui règne à Dien Bien Phu. Je l'imagine catastrophique. En fait, en cette fin de mars, on se promène encore librement à travers le camp. Parfois, l'on entend tout de même un obus de mortier : je porte donc scrupuleusement le casque qui m'a été donné.

Mes pas me conduisent vers le 1er Bataillon étranger de parachutistes, où je retrouve l'atmosphère d'avant le 13 mars. Xavier de Touchet, frère d'une ancienne convoyeuse, France, appartenant à ce bataillon, des relations cordiales se sont établies entre les convoyeuses et les parachutistes, notamment la figure très populaire de Loulou Martin. Sous un sourire et un calme dont il ne se départit jamais, Loulou, blessé le 12 janvier puis le 5 mars, cache un courage exceptionnel.

Je leur donne des nouvelles de Xavier de Touchet, blessé le 21 mars, et de Roux, tous deux nous ayant rendu visite quelques heures plus tôt à la villa des convoyeuses à Hanoï. Ils attendent aussi avec impatience des nouvelles du lieutenant Desmaizières, évacué la veille, après avoir été grièvement touché le 26 mars lors d'une opération déclenchée pour dégager Huguette 6. Voyant le médecin du bataillon débordé, Desmaizières se dirige vers l'antenne et, malgré sa blessure au visage et au thorax, il trouve le moyen d'aider, au passage, un légionnaire qui peine à monter sur le blindé qui doit l'évacuer. Lorsqu'il arrive à l'antenne, le docteur Grauwin découvre un immense trou sanguinolent à la place de la bouche. « La peau du menton et des joues pend déchiquetée sur sa poitrine qui se trouve couverte d'une passementerie rouge, gluante, ponctuée de fragments de dents et d'os. Ce spectacle est effrayant... » C'est le docteur Gindrey qui, le voyant s'asphyxier, effectue la trachéotomie salvatrice.

Mais les émotions ne sont pas finies pour Desmaizières. Au moment où le capitaine Bouguereau, pilote du premier des trois Dakota qui se posent cette nuit-là, remet les gaz, à cause des obus qui se rapprochent de plus en plus de l'avion, ma camarade Paule Bernard, convoyeuse à bord, s'aperçoit qu'un blessé est encore dans le GMC et le fait embarquer, au grand soulagement de Desmaizières, qui ne pouvait appeler et voyait avec angoisse le moment où l'avion partirait sans lui. Une fois dans l'avion, il attire l'attention de Paule, en lui montrant la fiche attachée à son cou, et elle reconnaît alors dans ce blessé au visage caché par un énorme pansement un bon copain connu au Sahara. Tous les hommes du 1er Bep sont heureux d'apprendre que l'évacuation s'est bien passée et que la vie de Desmaizières n'est pas en danger.

Ils me remettent le courrier déjà écrit, certains m'en promettent pour le soir : à ce moment-là, je pense encore pouvoir repartir dans le prochain Dakota sanitaire qui se posera cette nuit pour évacuer les blessés.

Je suis accueillie de façon très chaleureuse par les officiers. Le lieutenant-colonel Langlais, qui commande le Groupement aéroporté n° 2, m'invite à déjeuner ; le soir, je dîne chez le colonel Lemeunier[1]. Au PC, le commandant Guérin me présente au colonel de Castries.

---

1. Le colonel Lemeunier qui commande la 13e DBLE (Demi Brigade de Légion étrangère), a succédé au colonel Gaucher, mort dans son abri le 14 mars.

C'est à ce moment-là, je crois, que je rencontre pour la première fois le commandant de Dien Bien Phu. J'ai face à moi un homme de taille moyenne, plutôt maigre et pâle, avec un visage taillé au couteau et un profil aquilin ; « un air de personnage du Greco », dira de lui l'écrivain Jules Roy[1]. À vrai dire, le colonel de Castries ne se sentait pas fait pour diriger un camp retranché, mais le général Navarre lui avait affirmé que Dien Bien Phu serait une base offensive, et il a eu le courage d'accepter.

Le colonel me reçoit donc très aimablement, me souhaite la bienvenue et espère que je pourrai repartir le soir même avec des blessés. Je demande s'il est possible de me rendre à Isabelle, où se trouve mon cousin Louis de Chastenet, depuis la désertion du bataillon thaï sur Anne-Marie. Je sais par ma famille que sa mère est très inquiète. Mais l'ouverture de la route entre Isabelle et la position centrale a été abandonnée, car trop meurtrière. Le capitaine Hervouët, qui commande les chars à Dien Bien Phu, charge alors le maréchal des logis-chef Ney de demander des nouvelles lors de la vacation quotidienne avec Isabelle. Le lendemain, Ney lui rapporte : « Mon capitaine, le lieutenant de Chastenet me charge de dire à Geneviève que tout va bien et me demande de lui faire la bise. » – « Allez-y ! », lui dit le capitaine. « Inutile de préciser que je n'étais plus aussi téméraire, reconnaîtra Ney par la suite, mais rassemblant mon courage, je suis sorti du blockhaus pour aller retrouver Geneviève. » L'ordre de me faire la bise avait évidemment été ajouté de son propre chef...

Dans l'après-midi, nous allons prier sur la tombe de l'équipage Dartigues. Quelques heures après avoir

1. Jules Roy, *La Bataille de Dien Bien Phu*, René Julliard, 1963.

ramené à Hanoï, le 26 mars, dix-neuf blessés[1], le capitaine Dartigues était en effet reparti pour une mission de parachutage sur Dien Bien Phu. Celle-ci terminée, son Dakota, touché par la DCA, s'était écrasé au sol, provoquant la mort de sept personnes[2]. Le lieutenant Galopin me remet les alliances et les objets personnels qui ont pu être recueillis, pour que je les fasse parvenir aux familles de mes camarades disparus.

« Un avion doit se poser ce soir vers 21 heures », annonce soudain le commandant Guérin. Aussitôt, je me rends à l'infirmerie du Groupement mobile n° 9 pour voir les blessés et supplie le docteur Le Damany, qui organise les évacuations : « Il faut absolument emmener d'abord ceux que nous avons dû décharger de notre avion la nuit dernière ! » – « Malheureusement, je ne puis vous le promettre, me répond-il, car la priorité est donnée aux urgences. » Je dis au revoir à tout le monde, et le capitaine Charnod, officier en charge du transit, m'emmène avec l'équipage au terrain d'aviation.

Un dépôt de munitions situé près du parking de la chasse vient de sauter. Un énorme feu d'artifice embrase le ciel. La Jeep fonce à toute allure en passant à la hauteur du dépôt. À peine l'avons-nous dépassé qu'une nouvelle explosion projette des lueurs et des étincelles alentour. L'équipage au complet,

1. Voir p. 71.

2. Ce Dakota est l'un des sept qui furent détruits en mars 1954, par la DCA. Ce jour-là, le colonel Nicot, commandant le sous-GMMTA, donna l'ordre d'interrompre les parachutages à basse altitude afin d'éviter une hécatombe, et un système à ouverture retardée fut mis au point. Ce triste épisode illustre les conditions de travail très difficiles des équipages du transport aérien militaire, qui accomplissaient deux à trois missions par jour sur Dien Bien Phu.

assis sur les marches de l'abri du transit, attend l'arrivée de l'avion et, l'oreille tendue, guette un bruit de moteur. Des tirs ennemis nous font rentrer à l'intérieur de l'abri. Les hommes à évacuer sont encore au GM 9 et doivent arriver en ambulance dès que l'avion sera à la verticale.

La météo est très mauvaise. 21 heures, rien. 21 heures 30, rien encore. Nous prenons le chemin du retour, évitant cette fois les abords du dépôt de munitions. Charnod m'emmène au 1er Bep. C'est là, entre deux infirmiers de l'Armée de l'air : Dupouy et Decia et un infirmier du 1er Bep, que je passerai ma première nuit à Dien Bien Phu, nuit très calme, sur un brancard.

Après le petit-déjeuner, je me rends au PC pour retrouver le commandant Blanchet et l'équipage, qui, eux, ont dormi au GCMA [1]. De retour à l'antenne chirurgicale, on me blague sur mon départ manqué : « Décidément, vous ne voulez pas nous quitter ! »

Le 29 mars au soir, nouveaux adieux. « À demain », me dit en souriant Sioni, le conducteur de la Jeep sanitaire. Et le lendemain, c'est en souriant moi aussi que je reviendrai le voir. « Qui avait raison ? », me glissera malicieusement Sioni.

Une fois de plus, je vais au GM 9 voir les blessés, qui attendent impatiemment des nouvelles et j'essaie de leur remonter le moral. « Ce sera pour cette nuit », leur dis-je en les quittant. À ce moment-là, il reste deux cent cinquante personnes à évacuer.

L'avion est annoncé pour minuit et demi. Charnod vient me chercher au 1er Bep, et nous emmène à nouveau au terrain. Il fait une nuit d'encre et il pleut à

1. Groupement de commandos mixtes aéroportés, qui avaient une mission de renseignement et d'encadrement de maquis.

verse. Nous nous embourbons, dérapons, tombons dans le fossé et les barbelés. Abandonnant la Jeep, nous continuons à pied. Il me semble impossible qu'un appareil puisse atterrir dans ces conditions. Ce serait un suicide. Charnod essaie de paraître optimiste, mais je n'ai guère d'illusions. L'avion, piloté par le commandant Martinet, qui dirige le groupe Béarn, dont le second, le commandant Blanchet, est le pilote de notre avion, apparaît à la verticale. J'ai envie de crier : « Ne les laissez pas atterrir, ce serait un meurtre ! » C'est un peu ce que dit à son patron le commandant Blanchet, entré en contact VHF avec lui. La piste est glissante, une vraie patinoire, et son premier tiers est endommagé. Le commandant Guérin au PCIA interdit le posé. Le piège est en train de se refermer...

Le 30 mars, l'attente d'une évacuation de plus en plus improbable commence à devenir pesante. Et cette inactivité forcée... Je passe ma journée à l'antenne et déjeune avec l'équipe médicale. Mais les événements vont bientôt se précipiter.

Vers 16 heures, des obus de mortier et de 105 commencent à tomber. À 17 heures, les tirs d'artillerie atteignent une violence incroyable. Jamais, même le 13 mars, Dien Bien Phu n'avait connu pareille concentration de tirs. Ils ne cesseront pas de la nuit, le vacarme est effroyable. Je suis heureusement à l'antenne, car il est maintenant impossible de circuler dans le camp. D'ici peu, deux bras de plus ne seront pas inutiles. C'est aussi ce que pensent les membres de mon équipage, qui partent brancarder les blessés avec l'équipe des infirmiers de l'air, alors que le commandant Blanchet rejoint le commandant Guérin au poste de commandement d'intervention aérienne.

En quelques minutes, l'antenne est comble. Les brancards sont posés à même le sol, partout où il y a de la place, entre les lits des blessés qui étaient déjà présents. Le couloir de l'antenne, long boyau étroit et boueux, à peine éclairé, est immédiatement encombré de brancards, qu'il faut enjamber pour circuler. Dehors sur le terre-plein, à l'entrée de l'antenne, des hommes attendent sur leurs brancards que l'on puisse trouver un peu de place pour les mettre à l'abri. Certains seront à nouveau blessés et d'autres tués à la porte de l'antenne. C'est l'enfer ; le bruit du canon est assourdissant. Les blessés arrivent avec des plaies où se mêlent le sang et la terre.

Les Pims ou prisonniers et internés militaires [1] leur font une toilette sommaire. Le docteur Grauwin me charge de pratiquer les déconnexions sur les hommes grièvement blessés dès leur arrivée. Je le fais à la lueur d'une lampe électrique dans le couloir de l'antenne, un genou à terre, l'autre sur le bord du brancard.

Comment décrire cette succession ininterrompue de blessés, l'impossibilité où nous sommes de les mettre tous à l'abri et de les opérer dans les délais voulus ?

Le docteur Grauwin, fort de son expérience, effectue le triage, c'est-à-dire qu'il décide lesquels seront

---

1. On comptait à la mi-mars à Dien Bien Phu 2 440 « prisonniers et internés militaires », bénéficiant du statut de prisonniers de guerre. Leur camp était situé entre Junon et Claudine. Certains Pims servaient de coolies, pour transporter l'eau et les munitions ou aller ramasser les colis parachutés, ce qui amenait des pertes sévères dans leurs rangs. Ils étaient alors soignés à l'antenne comme n'importe quels autres blessés. Quelques-uns se sont engagés volontairement dans les combats à nos côtés. Très peu se sont évadés.

opérés les premiers. Ce choix lui pose des problèmes terribles car une opération de l'abdomen prend autant de temps que cinq ou six amputations et il lui faut décider selon les urgences. Le docteur Gindrey opère sans relâche, avec ou sans l'aide du docteur Grauwin. À chaque explosion, la terre tremble et des débris se détachent du plafond de la salle d'opération, heureusement tapissée de parachutes ; mais, la pluie délayant la terre, il arrive que des gouttelettes tombent sur la table d'opération. Face à la salle d'opération, la salle de réanimation, qui compte quinze lits est bondée, même si on y a ajouté quinze brancards à même le sol.

Ceux qui sont légèrement blessés sont rapidement soignés, puis regagnent leur unité sous la pluie d'obus car on ne peut pas les garder ici.

Cette nuit-là, en moins de cinquante minutes, le Vietminh s'est rendu maître des Dominique 1 et 2 et d'Eliane 1. Seul le point d'appui Dominique 3 barre la route vers l'antenne et le PC du colonel de Castries. C'est à ce moment que se déroule un épisode magnifique, dont on parlera beaucoup : le lieutenant Brunbrouck[1] voit les colonnes de combattants vietminh fondre sur lui. Il a reçu l'ordre de replier sa batterie, mais s'y est refusé et « débouchant à zéro », il provoque l'éclatement de ses obus juste devant lui, hachant les vagues ennemies. Sans Brunbrouck, Dien Bien Phu serait peut-être tombé ce soir-là...

Au petit matin, le 31 mars, nous est amené sur un brancard le lieutenant Robert Chevalier, du bataillon Bigeard. Il s'est effondré la veille à 3 heures, blessé par une balle en pleine tête, qui a sectionné la moelle épinière juste au-dessus du bulbe rachidien, provo-

1. Commandant la 4e batterie du 2/4 Rac.

quant une paralysie[1]. Lorsqu'il parvient à l'antenne, dans un état désespéré, le docteur Grauwin constate qu'on ne peut qu'atténuer ses souffrances. C'est certainement le souvenir le plus dramatique que j'ai gardé de ces jours-là.

Robert Chevalier est de plus en plus angoissé. La paralysie gagne, d'abord les jambes, l'abdomen, puis le thorax, les bras... Il respire de plus en plus faiblement. « Geneviève, promettez-moi que je ne vais pas mourir ? » Je détourne son attention sans répondre et éprouve un terrible sentiment d'impuissance. Depuis quelques jours, il se bat contre la mort. Je suis chargée de l'alimenter ; je le fais boire à la petite cuiller, mais il ne peut presque plus avaler. J'essaie d'atténuer ses douleurs par des piqûres de morphine et son angoisse en restant près de lui dès que cela m'est possible. L'aumônier vient à son chevet et dépose dans sa bouche une minuscule parcelle d'hostie.

Depuis le décès de mon père, en 1934, alors que j'étais encore une toute petite fille, c'est mon premier vrai contact avec la mort. Il me faut l'apprivoiser, dans un interminable face à face dont je connais par avance l'issue. Beaucoup d'autres blessés que j'avais vu arriver à l'antenne étaient déjà mourants. Pour Robert Chevalier, s'ajoute cette lente avancée vers la fin ; nous l'attendons, et je ne peux rien faire, sinon le soulager et l'accompagner de ma présence. Je songe aussi à sa famille, qui a dû recevoir le télégramme impersonnel et sibyllin envoyé à chaque famille après l'arrêt des posés d'avion : « Impossible écrire. Tout va bien. »

---

1. Cela s'est passé le 30 mars, alors que sa compagnie contre-attaque pour soulager la compagnie Luciani, du 1er Bep, qui s'accroche sur Eliane 2.

Je suis auprès du lieutenant Chevalier lorsqu'il cesse de respirer. C'est un moment que je n'oublierai jamais...

La nuit, les blessés ne peuvent plus être brancardés, ce qui laisse plus de temps pour s'occuper des présents. Mais le bruit assourdissant des tirs d'artillerie ne cesse pas. Pendant ces trois jours et trois nuits de la fin de mars, le sentiment de notre impuissance à les sauver tous, et même à les mettre tous à l'abri des obus, devient une pensée intolérable. Il m'arrive parfois de souhaiter dormir, dormir et ne plus me réveiller pour ne plus voir ce spectacle. Mais dormir, il n'en est pas question. Il y a bien trop à faire.

Lorsque l'artillerie se calme enfin, les forces viet-minh sont à portée de la piste. Aucun avion ne peut plus se poser. Le piège s'est maintenant complètement refermé. Pour les blessés, la nouvelle est dramatique. Pour moi, c'est différent. Je sais que je pourrai continuer à les soigner, que je ne serai pas obligée de les abandonner. À plusieurs reprises, en effet, j'ai imaginé que quand les combats s'arrêteraient (nous avons eu plusieurs jours de répit après l'attaque des 13, 14 et 15 mars), on ne me demanderait pas mon avis, et je devrais repartir avec le premier avion qui pourrait se poser, puisque mon rôle est celui d'une convoyeuse de l'air et non d'une infirmière à terre. Je savais bien que le commandement ne voulait plus de femmes à Dien Bien Phu. Il avait même fait revenir sur Hanoï, le 14 mars, la secrétaire du colonel de Castries. Mais aujourd'hui, je suis vraiment bloquée dans le camp retranché et je n'ai plus qu'une chose à faire : soigner et accompagner...

Un certain calme étant revenu au début d'avril, la vie s'organise. Les évacuations étant désormais impossibles, l'antenne se transforme en un véritable petit hôpital souterrain. Le docteur Grauwin me confie alors les soins et la surveillance des quarante hommes les plus atteints après leur sortie de la salle de réanimation. Cette « promotion » subite me surprend un peu. Ce sont moins mes mérites que l'urgence qui la motive : dans une antenne, chaque infirmier a son rôle propre, mais aucun n'est chargé des soins de longue durée puisque, habituellement, les blessés sont évacués sur Hanoï.

La vraie aventure commence pour moi : celle qui, moralement aussi bien que physiquement, va mettre à l'épreuve, de la façon la plus radicale, les forces dont je dispose à l'aube de mes vingt-neuf ans. Mais aussi celle qui va donner son sens à la suite de ma vie.

Au milieu des blessés

Geneviève, quand tout cela sera terminé, je vous emmènerai danser ! »

Le jeune garçon de dix-huit ans qui me lance cette invitation galante contemple à mes côtés le paysage désolé du champ de bataille de Dien Bien Phu : la rizière autrefois verdoyante, aujourd'hui poussiéreuse et labourée de débris d'acier ; les pitons si chèrement défendus, mais dont la terre ne renferme plus qu'un vaste cimetière ; les sombres collines, où guettent les canons vietminh ; et cet enchevêtrement de tranchées et ce réseau de barbelés qui ont transformé la plaine en une gigantesque toile d'araignée.

En cet après-midi d'avril 1954, Haas, jeune légionnaire allemand, affiche toujours un moral d'acier. Pourtant, s'il veut tenir debout, il est obligé de s'appuyer de son moignon sur mon épaule...

Caporal au 2e Bep, Haas a été blessé il y a trois semaines. Atrocement mutilé par des éclats d'obus, il a dû être amputé des deux bras et d'une jambe, et pour éviter les risques d'infection, les moignons ont été laissés à vif. Chaque pansement provoque ses hurlements. Avoir dix-huit ans à Dien Bien Phu, et être, pour le reste de sa vie, un amputé triple...

Ce jour-là, profitant d'une accalmie, mon jeune légionnaire avait manifesté le désir de respirer un peu d'air frais à l'entrée de l'antenne chirurgicale, qu'il n'a pas quittée depuis le jour de son opération. Il m'avait demandé de l'accompagner. Nous voilà donc partis tous les deux dans le long couloir sombre, moi le soutenant de mon mieux, en m'efforçant de ne pas raviver ses douleurs, lui sautant à cloche-pied et s'appuyant sur moi. Sa volonté et son courage me bouleversent plus que je ne peux le laisser paraître. Et il trouve encore la force de plaisanter[1] !

Tous les blessés dont je m'occupe sont confinés, entassés dans cet étonnant hôpital souterrain. Au centre de l'antenne court un long boyau étroit sur lequel ouvrent, à droite, les abris des blessés, avec des lits métalliques superposés sur trois niveaux. À gauche, un petit couloir conduit à la salle d'opération, face à la salle de réanimation. Au fond se trouve la salle radio. Ce boyau part du terre-plein sur lequel ouvrent également la salle de triage, la popote, l'abri stérilisation, l'abri réfectoire et l'abri dortoir. Tous ces équipements sont bien sommaires : pour garantir l'asepsie de la table d'opération, la salle a tout simplement été tapissée... de toile de parachute ! Mais le manque d'équipements n'empêche pas les chirurgiens d'accomplir quotidiennement des prodiges.

Placée à proximité du PC du colonel de Castries, l'antenne principale est double : l'une est dirigée par le médecin-commandant Grauwin, l'autre par le médecin-lieutenant Gindrey. En instance de retour en France, le premier s'est porté volontaire pour remplacer le chirurgien, malade, qui devait prendre

1. Après la chute de Dien Bien Phu, j'ai revu Haas à Paris, au centre de rééducation des Invalides, où il a été appareillé. Depuis près d'un demi-siècle de relations étroites avec mes blessés, j'ai rarement vu un amputé marcher si bien. Et lorsque, par la suite, il a pu venir aux réunions de l'Amicale des anciens de Dien Bien Phu, c'est toujours lui qui manifestait le plus d'entrain.

quinze jours de repos. Médecin de l'armée sous contrat temporaire, Grauwin est un homme d'une quarantaine d'années qui termine un deuxième séjour en Indochine. Son expérience, son calme, son aplomb font de lui l'homme de la situation. Il sait à la fois rudoyer pour entraîner et sortir une bouteille pour célébrer. Gros fumeur, il a les épaules larges, au propre comme au figuré. Sa présence aide beaucoup au maintien du moral des blessés, qui ont une totale confiance en lui. Chargé du triage et du suivi des hommes les plus grièvement atteints, il opère moins que Gindrey, mais est toujours là pour conseiller ou prendre en charge une grosse intervention si les circonstances l'exigent.

Gindrey, lui, est un jeune chirurgien militaire, totalement tourné vers son travail opératoire. Il ne quitte pas le bloc, œuvrant des heures durant. Comme Grauwin, il travaille torse nu, dans la chaleur des boyaux qu'augmente encore le rayonnement du scialytique, cette énorme lampe qui sert à éclairer le champ opératoire. C'est un homme peu loquace, qui ne laisse pas paraître ses émotions. Lorsque, au mois d'avril, sa jeune femme, infirmière à Saïgon, perdra le bébé qu'elle attendait, il poursuivra sa tâche comme à l'accoutumée, sans ployer sous l'épreuve...

L'équipe du docteur Grauwin, à laquelle je suis rattachée, réunit des hommes d'horizons divers : l'infirmier-major Marant est à la fois anesthésiste, réanimateur, instrumentaliste, manipulateur radio ; le sergent Deudon, qui a à son actif trois années d'études de médecine, cumule curieusement les fonctions d'aide-opératoire et de responsable de l'alimentation ; le sergent N'Diaye, Sénégalais, est chargé des soins pré et postopératoires ; le caporal Lachamp fait fonction de secrétaire, et le première classe Pérez seconde l'infirmier Marant. Quatre infirmiers africains aident N'Diaye et Deudon, un cinquième, le caporal-chef Kabbour, est chargé de la stérilisation. Deux Nord-Africains conduisent les ambulances, deux légionnaires, Sioni et Cortes, les Jeep sanitaires ; Sioni m'apporte en outre une aide précieuse pour transporter mon matériel et m'aider à faire les gros pansements. Enfin, Julot Vandamme, des transmissions, joue les hommes-orchestres en tenant tout à la fois les rôles de téléphoniste, centraliste, planton et responsable du groupe électrogène.

Chez Gindrey, l'équipe se compose de l'infirmier-major Levasseur, de l'aide-opératoire Bacus, de l'instrumentaliste et réanimateur le caporal Bescond, et de quatre infirmiers vietnamiens, Hoat, Thanh, Bong et Khanh. Tous font leur travail avec beaucoup de dévouement et de compétence.

Dans ce souterrain de toutes les détresses, je fais chaque jour les soins, les piqûres, les pansements et je distribue les médicaments. Mais il ne s'agit pas non plus de négliger la nourriture : à ma demande, Deudon fait confectionner une soupe appétissante avec les légumes frais parachutés. Bien sûr, elle a toujours un peu le même goût, mais elle est plus digestible pour les blessés. Et surtout plus facile à avaler que les rations militaires, qui étaient notre lot quotidien [1]. C'est également Sioni qui m'aide pour la distribution de la soupe.

Très vite, je me rends compte de l'importance de la présence d'une femme au plus fort de la bataille. Blessé, l'homme le plus aguerri redevient vulnérable comme un enfant et a besoin d'être entouré. « Rien ni personne, dit le docteur Grauwin, ne peut rempla-

1. Nous nous contentions de bœuf assaisonné et de conserves, avec quelques légumes frais parachutés.

cer une jeune fille au chevet d'un blessé. Pas seulement dans les hôpitaux de l'arrière, mais justement à l'avant », à cause de « toute cette douceur, cette patience, cette mystérieuse féminité qui perce à travers les gestes les plus mécaniques et les plus professionnels ». À Dien Bien Phu, je suis un peu la mère, un peu la sœur, un peu l'amie. « Vous avez été, pour beaucoup d'entre nous, un peu de notre terre natale, où se trouvait celle qui nous attendait là-bas à l'autre bout du monde. Merci, chère Geneviève, de nous avoir donné vos soins attentifs, votre âme et une parcelle de rêve », m'écrira des années plus tard le sergent-chef Fantinel, trois fois blessé à Dien Bien Phu, et trois fois soigné à l'antenne.

Ma seule présence, parce que je suis une femme, semble donc rendre cet enfer un peu moins inhumain. « Si elle n'avait pas été là, confiera Serge Genty à sa femme, je n'aurais jamais tenu le coup. » Ce n'est pas parce que c'est moi, d'autres auraient pu jouer le même rôle à ma place. Mais j'ai la chance de pouvoir le tenir et cela illuminera le reste de ma vie. Comment ne pas fondre d'émotion lorsque Courtiade, paraplégique, me dit : « À chaque fois que vous entrez dans ma chambre, mon moral remonte de 100 % ! » Un jour, il m'appelle, triomphant : « Regardez, Geneviève, je bouge un peu le pouce de mon pied ! » Chaque jour, je ne manque pas d'aller constater les progrès et de l'encourager à poursuivre ses efforts.

Simon Marie a dix-neuf ans. Il vient d'être blessé par une grenade au sortir d'un boyau de communication[1]. « À l'explosion, je n'ai absolument pas souffert, raconte-t-il, j'étais recouvert de terre et je sentais

1. Cela s'est passé le 31 mars vers 6 heures du matin lors de la contre-attaque sur Eliane 2.

mon sang qui foutait le camp ; j'ai gueulé ; je crois bien avoir appelé ma mère. En plus des yeux éclatés, mes mains étaient aussi en bouillie[1]... » Simon ne sait pas encore qu'il a définitivement perdu la vue, et qu'il sera amputé de plusieurs doigts à chaque main.

Transporté dans une infirmerie, puis par ambulance à l'antenne chirurgicale, où il est opéré, il restera jusqu'à la chute de Dien Bien Phu dans la salle de réanimation, car les médecins ne veulent pas qu'il se sente seul ni abandonné. Son visage est recouvert de pansements, ses mains sont bandées comme celles des momies. « Un mois et demi dans un trou, avec deux mètres de terre entre vous et le ciel, c'est long ! Nous étions déjà des prisonniers avant l'heure[2]... »

Dès que je le peux, je viens lui glisser un petit mot réconfortant, lui apporter une boisson ou une cigarette, que j'allume moi-même. Bientôt, le jeune aveugle, dont le moral reste excellent, finit par mettre de l'animation et apporter un peu de gaieté autour de lui. Lorsque son état est stabilisé, il s'essaie, de ses pauvres mains mutilées, à jouer de l'harmonica, et il y réussit, à la plus grande joie de ses camarades.

Son moral ne flanchera qu'une fois, après la chute du camp retranché. Le Vietminh s'est alors emparé de tous les pansements et de tous les médicaments. Je l'entends murmurer : « Qu'est-ce qui se passe, on ne s'occupe plus de nous ? » Je dois lui expliquer la situation.

En écrivant ces mots, les larmes me montent aux yeux car l'affection qui me liait à ces hommes et qui continue de me lier à eux ne s'éteindra jamais. Une

---

1. Lettre au commandant Bigeard, ancien commandant du 6e BPC (Bataillon parachutiste colonial), auquel appartenait Simon Marie.

2. *Ibidem.*

affection mêlée d'admiration, car le seul fait d'avoir « tenu » dans ces boyaux souterrains humides, chauds, malodorants, est déjà la preuve d'un courage hors du commun. Que dire alors de l'exemple donné par un jeune aveugle de dix-neuf ans, qui, non seulement garde le moral mais apporte un peu de gaieté dans la salle de réanimation [1] ?

Ces souvenirs continuent de hanter mes songes et mes nuits chaque fois que j'ai à en parler. Ils portent une part de l'enfer, et pourtant je parviens toujours à retrouver un coin de lumière en les évoquant. Quand un petit air d'harmonica se met à me trotter dans la tête, je ne pense plus qu'à la tendresse du regard de ces hommes dont j'essayais d'atténuer les souffrances...

Parmi les blessés de l'abdomen, qui tous ont un anus artificiel, il y en a un qui me cause souvent de l'inquiétude : le lieutenant Rondeau, du 5e Bataillon de parachutistes vietnamiens. Blessé sur Huguette 7 le 28 mars, jour de mon arrivée à Dien Bien Phu, il est l'un des premiers blessés qui n'ont pu être évacués. Je le revois encore, atteint d'une parotidite, avec 40 degrés de fièvre, délirant, déambulant dans le boyau central avec pour tout vêtement son pansement abdominal et celui qui lui couvre les oreilles.

Après quelques jours d'antibiotiques, il est guéri, mais son moral en a pris un coup, et il réclame souvent ma présence. Une autre fois, il est à nouveau

---

1. Après sa libération, un an d'hospitalisation et une vingtaine d'opérations, Simon Marie s'est installé dans l'Aveyron, à La Primaube, et s'y est lancé dans la fabrication de modèles réduits, sous les yeux admiratifs des enfants du village. Un jour que je lui téléphonais, il m'expliqua qu'il disposait d'appareils très sophistiqués pour lui permettre de réaliser ce travail, mais qu'évidemment de temps en temps, le sang giclait de ses doigts mutilés...

aux portes de la mort, et on sent dans son regard une tristesse infinie. Pourtant, chaque fois, il reprend le dessus et, oubliant sa propre misère, il veut nous manifester sa reconnaissance. C'est un artiste : la Vierge à l'Enfant qu'il dessine à l'occasion de Pâques pour le docteur Grauwin avec un crayon ordinaire, un peu de Mercurochrome et du bleu de méthylène, ressemble étrangement à une étude de Matisse... Il réalise la même Vierge pour le père Heinrich, encadrée dans un ovale évoquant un œuf de Pâques. Au docteur Grauwin et à moi-même, il offre le 1er mai un brin de muguet confectionné avec un fil de laiton, du coton hydrophile et un peu du papier vert qui emballait les paquets de compresses. Ce sont des gestes que l'on ne peut pas oublier.

Rondeau sera l'un des rares officiers libérés par le Vietminh. La fin de son calvaire semble approcher, mais, à la suite d'une complication, il mourra quelques jours après sa libération.

Au cours de la nuit d'épouvante du 30 au 31 mars, notre cher 1er Bep, avec lequel les convoyeuses ont tissé tant de liens d'amitié[1], a lourdement payé : Fournier et Boisbouvier arrivent à l'antenne, mais une fois pansés, ils retournent au combat. Pour le lieutenant Rolin, c'est différent : blessé à la jambe par balle, puis par un éclat de grenade, en grimpant la crête lors de l'assaut sur Eliane 2, il a été soigné par un infirmier de sa compagnie et traîné dans un abri, où il passe la nuit. À l'aube, il est à l'antenne, où le docteur Grauwin hésite un moment sur la décision à prendre : opérer ou amputer ? Finalement, il le confie au docteur Gindrey pour qu'il l'opère. Il est ensuite installé dans l'abri situé juste en face du cou-

1. Voir page 75.

loir conduisant à la salle d'opération, où il restera jusqu'au 10 mai. Il demeure complètement silencieux et je ne l'entends jamais se plaindre ; il est tellement fatigué qu'il ne peut pas même lire ou faire quoi que ce soit pour occuper les longues journées. Heureusement, il y a de nombreux passages et visites de ses camarades du 1er Bep.

Je peux veiller tout particulièrement sur les blessés de cet abri puisque c'est là que, le soir, pendant trois semaines, une fois mon travail terminé, j'ouvre un brancard entre deux lits pour prendre un peu de repos dans les moments de calme, que je referme le matin. À vrai dire, je dors mal, car le spectacle des journées dramatiques du 30 mars au 2 avril hante mon esprit. Les nuits sans sommeil se succèdent et le docteur Grauwin voulant que je récupère, me propose un somnifère. Je n'en avais jamais pris. L'effet est catastrophique et je passe la nuit dans une sorte de cauchemar avec le sentiment que mon lit s'effondre sous moi. Mais au moins peut-on, depuis que l'accalmie est intervenue, aller de temps en temps à l'entrée du boyau respirer un peu d'air. Et je ne risque plus, pour satisfaire aux servitudes de la nature, d'être retrouvée blessée ou morte dans une position humiliante.

Parmi les blessés à l'abdomen, se trouve un Mauritanien, Niang Abdoul Moktar, du 2e Régiment d'artillerie coloniale, touché au cours de la même opération, où l'artillerie a joué un grand rôle. Il porte, comme Rondeau, un anus artificiel et nécessite des soins quotidiens. Depuis cette époque, il voue au docteur Grauwin et à moi-même un véritable culte [1].

---

1. Chaque année, je reçois de lui des vœux écrits, dans un français recherché, par un écrivain public mauritanien. Pour le

Dans l'abri réservé aux amputés, se trouvent Phuc et Huan, aux visages d'enfant ; parmi les blessés vietnamiens, j'en revois particulièrement deux, que je continuerai à suivre jusqu'à leur arrivée en France et même plus tard : Tran The Ty, amputé des deux jambes, a été atteint lorsque son bataillon[1] est intervenu le 7 avril pour tenir Eliane 2 ; Nguyen Van Nhon[2], lui, a été blessé par deux fois, et devra être amputé à Dalat après sa libération. Tous deux sont silencieux et ne font jamais entendre une plainte. À leur libération par le Vietminh, ils seront dirigés vers un camp minable à Saïgon, où j'irai les voir en 1955 avec le docteur Grauwin.

Comment pourrais-je oublier Serge Genty[3], si jeune, si courageux ? Il a été blessé le 10 avril, lors de la reprise d'Eliane 1, par des éclats d'obus et de grenade qui ont touché le ventre, les pieds et le dos. L'urètre, sectionné, nécessite la pose d'une sonde, reliée à un flacon de recueil. Cela lui est très pénible, mais il ne se plaint guère... Après la chute, faute de soins, une cystite se déclare et Serge est pris de douleurs atroces. Heureusement, il est libéré le 19 mai, et je pourrai le revoir à Lanessan après ma propre libération : il ne pèse alors que trente kilos[4]... Dans

---

40e anniversaire de la fin des combats de Dien Bien Phu, l'association lui a offert le voyage. C'était la première fois que je le revoyais et nous étions très émus. Comme il était beau dans sa gandoura, la tête coiffée d'un chèche !

1. Le 5e Bataillon de parachutistes vietnamiens, du capitaine Botella.

2. Du 6e BPC.

3. Il appartenait, comme Nhon, au 6e BPC, l'ancien bataillon Bigeard.

4. Je le retrouverai aussi au Val-de-Grâce. Il totalisera quinze interventions lorsqu'il pourra rentrer chez lui, ce qui ne l'empêchera pas... de repartir en Algérie en février 1955 !

le même abri que Serge, se trouve Michel Chanteux [1]. Parachuté pour la deuxième fois (il a participé à l'opération Castor), il est blessé au bras puis à la tête lors de missions de ravitaillement, mais repart au combat. La troisième fois, lors d'un assaut, un combattant vietminh lui ouvre le ventre avec sa baïonnette ; le docteur Gindrey l'opère, lui pose un anus artificiel et soigne la plaie délabrante de la fesse. Il survivra à ses blessures et aux six opérations qui suivront [2].

La reprise d'Eliane 1 nous amène beaucoup de blessés. L'adjudant-chef Boulier [3], blessé aux jambes et à la main gauche, passe la nuit dans un trou qu'il essaie d'approfondir en creusant de sa main valide pour se mettre à l'abri. Le 11 avril au petit matin, il est brancardé jusqu'à l'antenne. Craignant une gangrène gazeuse, le docteur Grauwin, pour le sauver, envisage une amputation. Devant sa résistance, une opération est décidée. Le docteur Gindrey réduit les fractures ouvertes et enserre les jambes de Boulier dans des attelles, en attendant de le plâtrer quand tout danger d'infection sera écarté.

Lorsque je dois faire le pansement de Gunther Jansen, j'ai bien besoin de l'aide de Sioni. Ce jeune légionnaire allemand a une énorme plaie dans la région lombaire et une fracture ouverte du fémur gauche. À cause des risques d'infection, il n'a pas été possible le plâtrer. Sa jambe est immobilisée dans une gouttière qu'il faut maintenir en bonne position lorsque, pour soigner son dos, je dois le basculer sur

---

1. Caporal au 2/1 RCP.
2. Actuellement, il assure avec un dévouement inlassable le secrétariat général de l'Association des anciens combattants de Dien Bien Phu.
3. Du 2/1 RCP.

Ma mère
a attendu dix ans
son premier enfant

Mon enfance a été
bouleversée, à neuf ans,
par la mort d'un père
que j'adorais.

Le château de Terraube, dans le Gers,
berceau de la famille Galard.

Tous les ans, en septembre, nous retournions à Labatut, en Haute-Garonne.

La joyeuse réunion des cousins sur le perron de Labatut

Je cherchais toujours à faire aussi bien que ma soeur aînée, Marie-Suzanne, plus entreprenante que moi.

A vingt ans, je rêvais d'autres horizons.

Ma première mission de convoyeuse de Paris à Tunis. Michaëla de Clermont-Tonnerre (au centre) était chargée de me noter. A sa gauche, le commandant Morlet.

Deux de mes camarades convoyeuses, Paulette Honhon et Jacqueline Levillain.

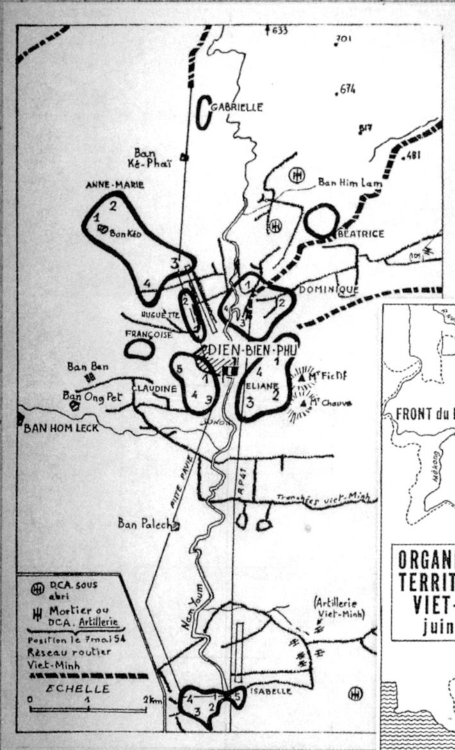

Les différentes positions du camp retranché étaient baptisées de prénoms féminins.

Carte extraite du livre "Nous étions à Dien Bien Phu" de Jean Pouget
(origine : document vietminh)

Le charme du Petit Lac d'Hanoï nous reposait après les évacuations de blessés.

la plaine de Dien Bien Phu se transforme
en une gigantesque toile d'araignée hérissée de barbelés.

Fin février 1954, avec le renforcement des attaques
viet-minh, les tentes seront supprimées.

17 mars 1954. Sous des tirs d'artillerie nourris, un premier Dakota réussit à redécoller avec trente-deux blessés à bord.

Un brancard est embarqué à bord d'un Sikorsky.

Chargement des blessés. A gauche, de face, Julot vandamme, le téléphoniste de l'antenne chirurgicale.

La salle de triage, où les blessés attendent leur tour sera dévastée le 15 mars par l'explosion d'un obus.

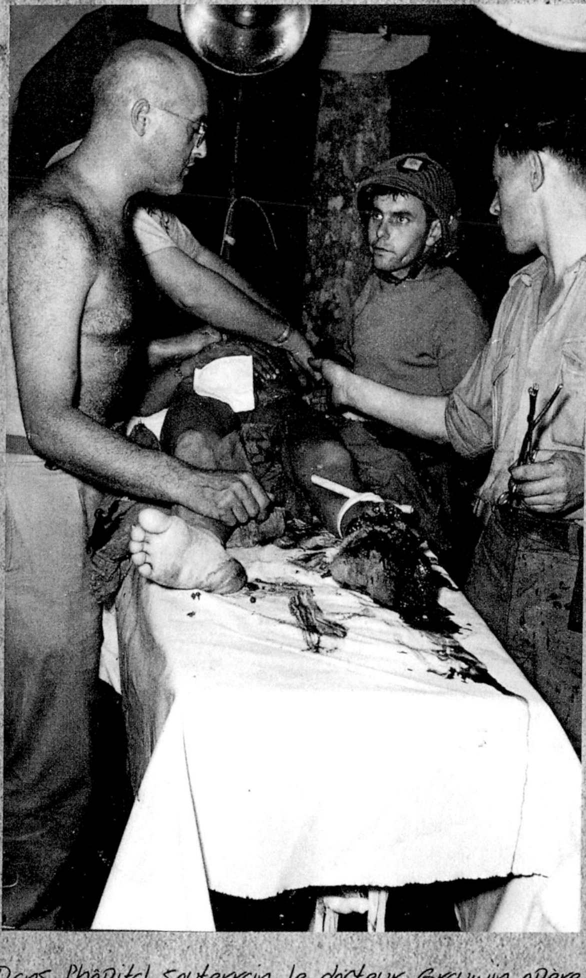

Dans l'hôpital souterrain, le docteur Grauwin opère torse nu. Julot ne quitte pas son casque pour être toujours prêt en cas d'attaque.
A droite, l'aide opératoire Bacus.

Le 13 mars l'attaque des Viets refait le paysage

Avec l'assaut viet, le 13 mars, à 17 h. 30, a commencé la seconde phase de la bataille. Le pilonnage commença à 15 heures. Toutes les batteries ennemies, pour la plupart des canons de 105 fournis secrètement et hâtivement par les Chinois, entourèrent la cuvette d'un mur de feu, clouant nos au sol. Le déluge de feu dura deux heures, p Viets attaquèrent à quatre contre un. Ils furent nus, mais bientôt leur D.C.A. interdit d'évac blessés. Le drame de Dien-Bien-Phu comm

LES BOMBES ONT HACHÉ LA FORÊT SACRÉE Dans le « no man's land », les patrouilles avancent par bonds parmi l tronc foudroyé d'un arbre sacré, dont les frondaisons, selon les tradition premiers accrochages eurent lieu la nuit de Noël. Les grandes batailles ont fait disparaître les derniers vestiges de végétation. La for

Verdun
DIEN-BIEN-PHU
NE RÉPOND PLUS
et Michel DESCAMPS
hiquetés. A gauche : le
britaient les esprits. Les
st devenue terre brûlée.

24 mai 1954, le film de ma libération : arrivée à Luang Prabang, avec le professeur Huard (cartable à la main) et le médecin-colonel Alléhaut ; envoi d'un télégramme à ma famille.

A Hanoi, je suis accueillie par le capitaine Jean de Heaulme, qui deviendra mon mari deux ans plus tard

Conférence de presse. Au premier rang à droite, penché sur une machine à écrire, Lucien Bodard.

Après Dien-Bien-Phu
LA TRAGÉDIE DES BLESSÉS
PARIS MATCH
50 Fr.
PARIS MATCH
AU 15 MAI 1954
50 Fr.
L'HÉROINE DE DIEN-BIEN-PHU

PARIS
MATCH
N° 271 DU 5 AU 12 JUIN 1954
50 Fr.
LA FRANCE
ACCUEILLE
L'HÉROÏNE
DE DIEN-
BIEN-PHU

1er juin 1954, l'arrivée à Orly aux côtés de ma mère rayon

º B

---

in 1954.

Des Officiers du IIº Bataillon Parachutiste de Choc

à

Mademoiselle Geneviève de GALARD.

Vous ne saurez jamais combien nous avons été prés de vous et de nos camarades pendant les terribles journées que vous avez passées à DIEN-BIEN-PHU. Vous avez représenté, pour nous le dévouement et l'abnégation jusqu'à l'extrême limite.

Nous vous demandons de nous laisser sur cette impréssion. Vous ne pouvez plus vous permettre d'être une femme comme les autres. Laissez de côté toute propagande et publicité. Nos camarades n'ont besoin, ni d'articles ni de films.

L'histoire les jugera. Vous étiez avec eux.

C'est suffisant.

Capitaine de Saint Marc

Capitaine L. Barrière

Capitaine Dervom

Lieutenant Lauhaut

Lieutenant de Labruzier

Capitaine Razaire

Sont également présents mon oncle Raymond de Galard à gauche, Marie-Rose Calmettes, l'amie d'enfance à droite, et au premier plan, penchée vers la voiture, Guite de Guyencourt, chef des convoyeuse

Lt. Genevieve de Galard Terraube, the "Angel" of Dien Bien Phu, speaking at Idlewild. Post Photo by

City Cheers 'Angel Of Dien Bien Phu

By MALCOL

Lt. Gen
f French ga
ndochina, wa
"I do not ds
or I have only
e said in a s
hen she was
ild Airport.
ed the speech
ith a slight ac
But the city
yn modest est
it sent up
elcome and dr
ticker tape a
en car up Bro
oon hour for
ayor Wagner

ho became a sy
f Dien Bien Ph

e visited the U. S
e came with 76
rs on an Air Fr
plane appropria
e LaFayette.
ane landed at 8:54
persons — city, fe
ch officials, repor
TV men and police
an hour at Hangar
he plane taxied up
rd-Terraube, cleare
walked down the g

Heroic French Nurse Acclaimed By 250,000 in New York Parade

resident Eisenhower
ecorates her with
he Medal of Freedom

Dien's Angel Is Our Hero

By WILFRED ALEXANDER

Je suis invitée trois semaines aux États-Unis, par le Congrès américain. Les New Yorkais m'offrent, sur Broadway et la Cinquième Avenue, la « parade des confettis ». Le Président Eisenhower me décore de la Médaille de la Liberté.

NEW YORK WORLD-TELEGRAM AND SUN, MONDAY, JULY 26,

Night Edition

Angel Over the Battlefield

Nurse Kept Up Spirit of French In Indo-China

By MURIEL FISCHER,
Staff Writer.

You need only to mention the "Angel of Dien Bien Phu"—and any man, any woman, in any land nods knowingly.

Genevieve

mes fiançailles et mon mariage avec le capitaine Jean de Heau[...]
Avec du recul, je reconnais qu'avoir épousé un officier m'a perm[...]
de tout partager avec lui. La fidélité au passé m'a été naturell[...]

Avec notre fils aîné François.

Nos trois enfants,
François, Christophe
et Véronique.

Le 11 novembre 1980, je reçois les insignes d'officier de la Légio
d'honneur des mains du Président Valery Giscard d'Estaing.

Avec Simon Marie, qui fabrique aujourd'hui
des modèles réduits, après avoir perdu les deux yeux
et plusieurs doigts à Dien Bien Phu.

Le souvenir et la fidélité, lors d'une commémoration à Pau en mai 1974. Je suis la seule femme sur cette photo.

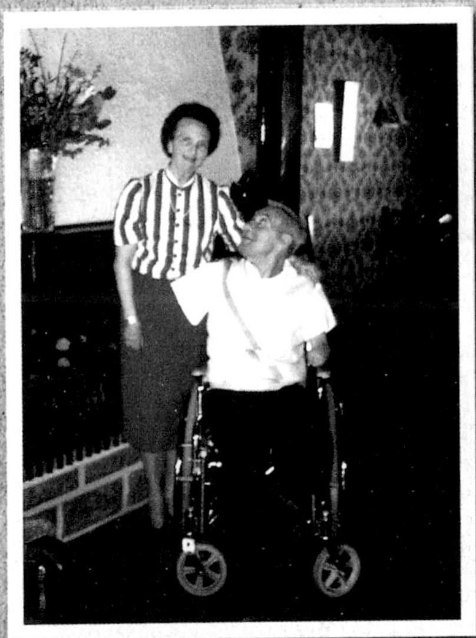

Avec Haas, jeune légionnaire allemand amputé à Dien Bien Phu des deux bras et d'une jambe, qui trouvait encore le courage de me dire : « Geneviève, quand tout cela sera terminé, je vous emmènerai danser ! ».

En mémoire d'eux.

Automne 2001, retour au Vietnam. Avec mon mari, sur la retenue de la Rivière Noire, au barrage d'Hoa Binh.

le côté. Les soins sont tellement douloureux que je lui fais une piqûre de morphine un quart d'heure avant de faire le pansement. Malgré cela, il hurle de douleur. Lorsque Dien Bien Phu tombera et que je le soignerai pour la dernière fois, la plaie du dos sera presque entièrement refermée. Cela tient du miracle si l'on pense aux conditions de vie, chaleur, humidité, boue qui envahissent les abris, et obligent à surélever les lits et les brancards.

À l'antenne, nous ne pouvons garder que les hommes blessés grièvement, nécessitant une surveillance et des soins journaliers. Ceux dont l'état s'est amélioré repartent dans leur unité et souvent retournent au combat. J'essaie de garder le contact avec ceux qui sont dans des abris proches, en leur apportant les oranges, les cigarettes, le lait concentré que Mme de Castries et la Croix-Rouge font parachuter. Ces colis me permettent de maintenir un lien avec nombre de blessés, même au-delà des abris du GCMA[1]. Je peux savoir de cette façon si tout va bien ou au contraire signaler à Grauwin ceux qui ont des problèmes. C'est ainsi que je suis l'évolution de la main du lieutenant de Wilde, qui, blessé le 30 mars, est retourné dans un abri proche. Grauwin s'inquiète évidemment un peu de me voir sortir des tranchées, pour les franchir, mais je porte toujours mon casque.

Les combats continuent, même s'ils sont moins violents que ceux des premiers jours d'avril. Chaque jour nous amène de nouveaux blessés. Lors de l'un des passages du lieutenant-colonel Langlais, venu en voisin apporter des cigarettes, Grauwin lui demande de déplacer les hommes du GCMA, afin de récupérer des abris proches de l'antenne, que le génie peut, en

1. Groupement des commandos mixtes aéroportés.

creusant un accès sous la route, faire communiquer avec celle-ci. Les hommes du GCMA, des autochtones agents de renseignements en zone vietminh, ont été repliés de Lai Chau vers Dien Bien Phu, mais, depuis l'attaque du 13 mars, qui empêche toute sortie, ils ne peuvent plus jouer leur rôle. Des abris sont donc creusés dans un autre secteur afin que ceux qu'ils occupaient puissent augmenter considérablement l'hôpital souterrain. Pour encore renforcer la capacité des nouveaux abris du GCMA, le Génie creuse des excavations dans l'épaisseur des parois. Des parachutes récupérés sont posés sur ces banquettes, qui servent de lit. C'est sinistre, et l'on appelle ces boyaux sans lumière les catacombes.

Le lieutenant-colonel Langlais, qui commande la position centrale, est vraiment l'âme et l'animateur de la défense de Dien Bien Phu. C'est lui le vrai patron, il est partout, son moral est extraordinaire et son mépris du danger galvanise les troupes. « C'est bien Langlais qui est le chef », dira Bigeard au journaliste-écrivain Jean Pouget pour son livre *Une parcelle de gloire*[1]. Langlais est un homme qui a les qualités et les défauts de sa forte personnalité : irascible au cœur d'or. Ayant appris que, depuis trois semaines, je dors sur un brancard que j'ouvre, les soirs de calme, entre deux blessés, il fait creuser un tout petit abri dans l'épaisseur des murs en terre du couloir du GCMA, le fait tapisser de toile de parachute, y fait installer un lit de camp et un fauteuil en rotin et me l'offre lorsqu'il vient visiter les nouveaux abris. Il est facile d'imaginer ma reconnaissance ! C'est extraordinaire d'avoir tout d'un coup un petit

1. Plon, 1975.

coin à moi et je suis infiniment touchée que ce grand soldat fasse preuve d'une telle délicatesse...

Dans l'un des abris du GCMA, avec quatre autres blessés, se trouve le jeune sous-lieutenant Alain Lécué[1]. Il est arrivé à l'antenne, un jour d'avril, le 18 je crois, au petit matin, la tête ensanglantée. Un éclat a pénétré dans son cerveau, et il n'a plus l'usage de la parole. Le docteur Grauwin le croit perdu et laisse tomber ce diagnostic terrible : « Il en a pour trois heures à vivre ». Et puis il se décide à tenter l'impossible. Deudon le fait installer sur la table d'opération, et je le déchausse pendant que Sioni lui coupe les cheveux. Le docteur l'opère et enlève un morceau d'os du crâne presque aussi gros qu'une paume de main et près d'une tasse à café de matière cérébrale broyée. Contre tout espoir, Alain Lécué survit. Après les heures de réanimation, faute de place, il est installé dans cet abri sinistre et sans lumière. Il souffre beaucoup, mais au bout de quelques jours, la vie reprend le dessus. Ne pas pouvoir parler est pour lui un gros handicap, et je vais souvent le visiter. Un jour, il me montre des lettres, reçues dans le courrier parachuté, et me fait comprendre par signes qu'il souhaite que je les lui lise. Il est très jeune et déjà marié. L'émotion le gagne souvent, et je dois sauter les passages les plus touchants. J'éprouve de la gêne à entrer dans l'intimité de ce jeune ménage qui vit une rude épreuve, la séparation et l'angoisse. Lorsque, trois jours après la chute de Dien Bien Phu, le Vietminh fait brancarder les blessés pour les installer sous les parachutes formant de petites tentes, je ne peux pas m'approcher de Lécué pour lui rendre sa correspondance. Aussi, quand nous devons préparer nos sacs

1. Du 6ᵉ BPC.

pour prendre la direction des camps de prisonniers, je crains que ce précieux courrier ne tombe entre les mains de nos geôliers. Je déchire donc les lettres reçues par Lécué et les jette dans la Nam Youm. Comme je regrette ce geste lorsqu'une heure plus tard parvient le contrordre : nous ne partons plus... Lécué fait bientôt partie des officiers libérés, il est opéré et retrouve l'usage de la parole. Lorsque je le retrouverai à Paris, il me demandera de lui rendre ses lettres, je ne le pourrai pas et j'en serai désolée[1]...

Bien que je ne sois pas responsable des nombreux blessés déjà stabilisés installés dans les nouveaux abris, la présence de mon petit abri au milieu d'eux me permet de garder le contact et de signaler éventuellement au docteur Grauwin un cas posant problème. Dans la journée, ce sont les infirmiers vietnamiens qui viennent leur faire les injections d'antibiotiques.

Je ne connais pas tous ces blessés, bien sûr, mais certains me sont plus familiers, comme l'adjudant-chef Larriaud, navigateur du Dakota qui m'a amenée dans la nuit du 28 au 29 mars et qui a reçu un éclat dans le genou en brancardant des blessés. Je retrouve aussi le lieutenant de Cacqueray, amputé à l'antenne et transporté au GCMA lorsque son état le permet : il est magnifique de courage ! L'adjudant-chef Boullier n'est pas heureux car il a des asticots dans son plâtre et l'odeur qui s'en dégage gêne ses voisins. Le docteur Grauwin a beau lui dire que ces bestioles

1. Longtemps après, Alain Lécué m'a dit : « Vous ne savez pas ce que votre présence a représenté pour nous. Lorsque vous passiez dans le couloir, nous essayions tous d'attirer votre attention, vous étiez croquignolette dans votre tenue para !... » Cette tenue m'avait été offerte par un parachutiste pour que je puisse laver la mienne.

nettoient les plaies, la sensation est difficilement supportable. Dans le même abri, le lieutenant Ruiter, ramené à l'antenne pour cause de plaies infectées et d'hémorragie, puis reparti au GCMA, souffre de dysenterie et a le sentiment de sentir le cadavre. Sur son carnet de route, il écrit : « Avec la pluie, les tranchées sont des bourbiers infâmes où il est impossible de circuler pour aller aux pansements. » Et il ajoute : « Le seul réconfort, avec les soupes du GCMA, ce sont les cigarettes, les oranges et le lait que l'infirmière Geneviève de Galard nous apporte[1]. »

Bien des années plus tard, on m'a demandé si dans certains moments d'urgence et devant l'effroyable nécessité de « trier » les blessés que l'on ne pouvait tous opérer en temps utile, ou dans des cas irrémédiablement perdus, il avait été quelquefois choisi d'abréger les souffrances de ces hommes pratiquement condamnés. Jamais je n'ai entendu la moindre chose à ce sujet au cours de cette période, où tous les participants du secours médical n'avaient qu'une idée en tête, qu'une passion : « Sauver l'homme par tous les moyens[2]. »

1. Marié depuis deux ans, le lieutenant Ruiter sera tué en Algérie en 1956. Marguerite Ruiter prépare alors son diplôme d'État d'infirmière et entre chez les convoyeuses de l'air.

2. Étant à l'antenne centrale, c'est évidemment d'elle que je parle dans ce chapitre, mais il ne faut pas oublier le travail de même qualité réalisé dans les autres antennes : celle du médecin-capitaine Résillot, parachutée sur Isabelle le 14 mars, celle du médecin-lieutenant Vidal, installée sur les bords de la Nam Youm au pied d'Eliane 4 depuis le 15 mars, et celle du médecin-capitaine Hantz, parachutée de nuit sous les tirs d'artillerie vietminh le 7 avril et située au sud du PC du général de Castries.

Vers la chute

À l'antenne, les jours se suivent sans toujours se ressembler. Après les grosses attaques viennent les moments d'accalmie. Toutes les guerres connaissent ces contrastes entre la tension écrasante des phases de combat et les temps de repos, où la vie se réinstalle, avec même des habitudes, sans que l'on s'en rende compte ; et dans une situation hors du commun, on goûte la détente. Les blessés ont alors la visite du médecin de leur bataillon ou de leurs camarades.

Nous voyons souvent ceux qui sont les plus proches de l'antenne centrale, Patrice de Carfort, Rondy, Madelaine, Rouault [1]. Ce sont eux, les médecins et les infirmiers de bataillon, qui, sur le terrain, effectuent les actes de première urgence, sauvant les blessés d'un destin fatal, lorsque le brancardage vers l'antenne est rendu impossible par les tirs d'artillerie. Certains hommes arrivent, traînés par un copain qui les amène jusqu'au toubib, les arrachant ainsi à la mort et témoignant d'une solidarité, d'une fraternité qui forcent l'admiration. Dans leurs infirmeries, les médecins de bataillon pratiquent beaucoup de peti-

1. Ils appartiennent respectivement au 8e BPC, au 1er Bep, au 2e Bep et au 5e BPV.

tes interventions et font des plâtres, soulageant d'autant les chirurgiens d'antenne. Le docteur Grauwin les conseille souvent par téléphone. Coordonnant l'action des médecins de bataillons, le docteur Le Damany, en liaison avec le service de santé de Hanoï, demande des parachutages de pansements, de médicaments, et de tout le matériel sanitaire nécessaire [1].

Parfois, nous avons aussi la visite de Daniel Camus et de Jean Péraud, photographes, ou encore celle de Pierre Schoendoerffer, cameraman au Service cinématographique des armées. Celui-ci, devenu romancier et metteur en scène, me dira des années plus tard à propos du film qu'il a réalisé sur Dien Bien Phu, où l'on voit une silhouette de femme traverser l'antenne : « J'ai voulu évoquer votre présence, car vous avez été pour moi, dans cet enfer, l'image de la charité chrétienne [2]... »

Quant à Daniel Camus, il demande un jour à me suivre dans mon travail auprès des blessés et à venir avec moi dans les catacombes du GCMA, où il souhaite me photographier avec le sous-lieutenant Lécué. Bien sûr j'accepte, heureuse d'avoir un souvenir de mes blessés et de l'antenne. Par malheur, toutes ses photos ont été détruites. Jean Péraud, lui, disparaîtra à jamais lors de l'évasion qu'il tentera

1. Sur les 1460 blessés que comptait le camp retranché à la fin des combats, 390 étaient dans les antennes et plus de 1000 dans les postes de secours des bataillons, ce qui évitait l'asphyxie complète des antennes. Le 26 mars 1994 eut lieu le baptême de la promotion du service de Santé de Bordeaux, Médecins de Dien Bien Phu : treize d'entre eux étaient présents et j'étais parmi eux. Ils méritaient bien le grand honneur qui leur était fait.

2. Pierre Schoendoerffer est notamment le réalisateur de *La 317e Section*, du *Crabe-Tambour*, de *L'Honneur d'un capitaine*, et d'un film intitulé *Dien Bien Phu*.

avec Schoendoerffer, en sautant d'un camion Molotova, après la chute de Dien Bien Phu, sur la route de la captivité.

Les jours de calme, notre travail terminé, nous bavardons ou écoutons les histoires drôles de Julot Vandamme, le téléphoniste, qui nous raconte ses nombreuses aventures sentimentales. De grands éclats de rire résonnent dans le couloir de l'antenne lorsqu'il nous lit la lettre émanant du commissariat de police de Roubaix lui réclamant une amende non payée avant son départ de France ! Julot ne quitte jamais son casque : il veut être prêt à se précipiter à l'extérieur en cas de panne du téléphone ou du groupe électrogène [1].

Lorsque la situation le permet, je suis parfois invitée dans les popotes du lieutenant-colonel Langlais ou du colonel Lemeunier, qui commande la Légion à Dien Bien Phu. C'est un moment de détente très agréable, et au retour à l'antenne, les blessés, avides de nouvelles, me posent mille questions. Je crée en quelque sorte un lien entre le monde combattant et celui des blessés. Ces jours-là, je revêts la tenue camouflée que m'a offerte un sous-officier parachutiste, pour que je puisse laver le pantalon kaki et le chemisier blanc avec lesquels je suis arrivée à Dien Bien Phu. Ma tenue de para est trop grande pour moi, mais je l'ai remise à ma taille en faisant un pli avec une aiguille chirurgicale et du catgut [2] ! Je sors aussi mon tube de rouge à lèvres, petite coquetterie qui a souvent soutenu mon moral.

---

1. Pendant des années, je n'ai pas su ce qu'était devenu Julot, jusqu'à ce qu'un jour, grâce à Deudon, l'infirmier de l'antenne, je découvre qu'il vit en Belgique. Il a pu venir me voir à Paris, et cela a été une vraie joie de se retrouver.

2. Fil chirurgical qui sert à suturer les plaies.

L'un des bons souvenirs de ces jours difficiles est l'arrivée à l'antenne, le 23 avril, du lieutenant de vaisseau Bernard Klotz, aujourd'hui amiral. Il pilote un Hellcat de l'aéronavale en mission de bombardement sur Eliane 1 lorsqu'il est touché par la DCA vietminh. Averti par son équipier que des flammes sortent de son appareil, il continue son piqué, largue ses bombes, reprend de l'altitude pour éviter que son avion ne s'écrase sur les lignes françaises, s'éjecte à quatre cents mètres au sud d'Eliane 2 et touche le sol à vingt mètres d'une tranchée ennemie. Il s'abrite dans une tranchée où une section de légion s'efforce de l'atteindre. Un légionnaire y parvient à la nuit tombée et l'amène à l'antenne car il s'est démis l'épaule à l'ouverture du parachute [1]. À son arrivée, c'est l'émotion : Gindrey et lui se reconnaissent, ils se sont connus à l'école primaire. Après l'avoir soigné, le docteur Grauwin sort en son honneur sa dernière bouteille de champagne. En quittant l'antenne, le bras en écharpe, Klotz va se présenter au colonel Langlais, lui demandant « comment un marin aviateur, sans avion et sans bateau, peut participer au combat [2] ».

À Dien Bien Phu, l'aéronavale et la chasse ont la cote. Leurs attaques en piqué sont très spectaculaires, et les pilotes font preuve d'un indéniable courage. Mais peut-être a-t-on été injuste en oubliant les prouesses des équipages des groupes de transport

1. Le 7 novembre 2000, à 10 heures, le président Jacques Chirac, décore le vice-amiral d'escadre Bernard Klotz, grand-croix de la Légion d'honneur. À la même heure se déroulent les obsèques du sergent Bleyer, qui, avec ses camarades les sergents Gniewek et Quinard, a sauvé le lieutenant de vaisseau Bernard Klotz, au péril de sa vie. Nous sommes certainement deux à penser à lui ce jour-là avec beaucoup d'émotion.

2. Colonel Pierre Langlais, *Dien Bien Phu*, éditions France-Empire, 1963.

qui, contraints d'atterrir sur des axes imposés, étaient dès le début des combats la proie attendue d'une DCA vietminh dont on découvrait l'incroyable densité. Les parachutages obligeaient aussi à tenir des caps et des vitesses réduites, et à mesure que la surface tenue par les Français diminuait, il fallut larguer de plus en plus haut pour réduire le danger, mais avec des dispersions et des pertes que les combattants ne comprenaient plus. Pour les pilotes, le problème était toujours le même : se tenir sur un axe imposé, réduire la vitesse et voir monter vers eux les trajectoires de DCA qui les suivaient en permanence. Passer mais revenir à plusieurs reprises jusqu'à ce que tous les parachutistes aient sauté, sans oublier les risques pris lors des atterrissages de nuit, tous feux éteints, moteurs coupés, pour évacuer les blessés sous les tirs d'artillerie.

Quelle joie, un autre jour, lorsqu'un jeune téléphoniste vient me proposer d'appeler Hanoï ; c'est l'heure du dîner et j'ai une chance de pouvoir joindre Guite de Guyencourt, notre chef convoyeuse, au mess du Franche-Comté. Elle y est en effet, mais je n'entends pas directement sa voix, et la téléphoniste de Hanoï sert de relais ; je me souviens tout de même de cette impression extraordinaire de distance abolie entre mes camarades et moi. Les autres fois, Guite peut monter à la citadelle de Hanoï, où se trouve le central téléphonique, afin que nous communiquions directement. Grâce à elle, à plusieurs reprises, ma mère pourra ainsi avoir de mes nouvelles.

Nous vivons d'autres événements marquants, comme cette messe de Pâques 1954 dite à l'antenne dans la salle d'opération, miraculeusement vide ce jour-là. Tous ceux qui peuvent se déplacer sont venus rejoindre les blessés couchés dans la salle de réanimation, face à la salle d'opération. Le père Yvan Heinrich officie ; il règne une grande ferveur, la proximité de la mort incitant à l'intériorité et à la prière. Beaucoup communient.

Le 29 avril, le colonel Langlais m'invite à le rejoindre à son PC. Le colonel de Castries veut me remettre quelque chose. Quand j'ouvre l'enveloppe qu'il me tend, je découvre deux décorations : une Légion d'honneur et une croix de guerre ! L'émotion m'envahit lorsque je suis décorée, mais plus encore lorsque j'apprends que les décorations appartiennent au colonel Langlais et au capitaine Bailly, qui me cèdent les leurs : le colis apportant, entre autres, celles qui m'étaient destinées, est malencontreusement tombé en territoire ennemi. En même temps m'est remis le texte de la citation, rédigé par le colonel Langlais, dont les termes me bouleversent : « A suscité l'admiration de tous par son courage tranquille et son dévouement souriant. [...] D'une compétence professionnelle hors de pair et d'un moral à toute épreuve, elle fut une auxiliaire précieuse pour les chirurgiens et contribua à sauver de nombreuses vies humaines. » Et cette dernière phrase, qui me laisse sans voix : « Restera, pour les combattants de Dien Bien Phu, la plus pure incarnation des vertus héroïques de l'infirmière française. »

Lorsque le capitaine Bailly, bien que grièvement blessé à la jambe, partira après la chute de Dien Bien Phu vers le camp de prisonniers, j'enverrai à Mme Bailly, après ma libération, la médaille de son mari. Elle lui revient bien[1]...

---

1. Malheureusement, cette médaille fut perdue lors d'un de leurs déménagements et il me dit un jour son regret que je ne l'aie pas gardée.

Le lendemain, 30 avril, c'est Camerone, fête traditionnelle de la Légion étrangère. Le Vietminh veut marquer cette date, à sa manière, et l'artillerie se manifeste bruyamment. Mais je peux tout de même rejoindre le colonel Langlais et le lieutenant-colonel Bigeard dans le PC du colonel Lemeunier. Celui-ci me nomme première classe d'honneur de la Légion, en même temps que le lieutenant-colonel Bigeard. Le colonel Langlais et le général de Castries sont pour leur part promus caporaux. La fierté et la joie m'envahissent devant cette marque d'estime. J'ai maintenant la certitude d'être considérée par les combattants comme l'une des leurs.

Quelques jours plus tard, le 3 mai, le général de Castries, accompagné du lieutenant-colonel Trancart, vient voir les blessés pour les féliciter et leur remettre des citations bien méritées. Hélas, il ne peut les décorer, le parachute qui contenait les médailles étant tombé à l'extérieur des lignes françaises. Le général, qui porte son calot rouge de spahi, est vêtu d'un short et d'une chemisette kaki. Sur les pattes d'épaule, deux étoiles sont piquées sur un passant de drap rouge. Grauwin lui présente les blessés et lui explique les circonstances de leurs blessures. Le général dit aux blessés son regret de ne pouvoir les décorer, et le lieutenant-colonel Trancart leur remet le texte de leur citation. Après avoir félicité les blessés de l'antenne, le général de Castries se rend au GCMA et patauge dans le passage situé sous la route mais il veut les voir tous. C'est la première fois qu'il y vient. Trancart le presse, car une réunion des chefs de bataillon est prévue.

Jour après jour, la surface de parachutage se réduit et cela pose des problèmes de ravitaillement dans tous les domaines : munitions, nourriture, médicaments. Une partie des colis tombe chez les combattants vietminh, les Dakota devant éviter les tirs de DCA, qui, durant quelques jours, ont entraîné une véritable hécatombe. Heureusement pour les blessés, à l'antenne principale nous ne manquons jamais de médicaments ni de pansements. Parfois, j'entends Grauwin dire : « Nous allons manquer de sang ou de plasma. » Et le miracle se produit au largage suivant.

Le moral tient. On espère que la saison des pluies arrêtera les opérations. La boue a envahi les couloirs et les abris, et il faut surélever les lits inférieurs. L'eau s'infiltre dans certains abris ; le Génie vient creuser des puisards, et une nuit, en allant du GCMA à l'antenne, je m'enfonce dans l'un d'eux jusqu'à la hanche. Imaginez le problème lorsque l'utilisation de l'eau est limitée et que l'on doit l'économiser même pour la toilette... La boue dans les tranchées rend le brancardage de plus en plus difficile. La chaleur et l'humidité provoquent dans les plâtres des irritations très pénibles pour les blessés. Les mouches prolifèrent et des asticots apparaissent dans les pansements, provoquant les cris d'horreur des blessés.

Les effectifs des unités s'amenuisent. Les renforts envoyés sont insuffisants et de nombreux blessés repartent au combat, suscitant notre admiration. Parmi les 4 277 hommes parachutés en renfort depuis le 13 mars, 680 volontaires sautent sur Dien Bien Phu sans avoir été brevetés. Si l'on considère que ce saut n'a pas lieu sur une DZ [1] bien préparée, mais sur des blockhaus, des tranchées et des barbelés, on peut dire que cela relève de l'héroïsme et d'un magnifique esprit de camaraderie.

Malgré le rythme intense des soins aux blessés, nous essayons de suivre l'évolution des combats.

1. *Dropping zone,* ou zone de largage.

Perez, l'un des infirmiers, est toujours à l'affût des nouvelles et nous renseigne. Nous en avons aussi par tous ceux, médecins ou combattants, qui visitent leurs camarades opérés à l'antenne. Il y a aussi des contacts directs lorsque, en période de calme, je peux me rendre au GAP 2.

Nous avions donc suivi, dans la nuit du 30 au 31 mars, la chute des trois premiers points d'appui, Dominique 2, Eliane 1, puis Dominique 1. Au moment où le lieutenant Brunbrouck donne un coup d'arrêt spectaculaire à l'offensive vietminh[1], le lieutenant Luciani, du 1er Bep, s'accroche désespérément au sommet d'Eliane 2 et galvanise ses hommes. L'espoir revient. Une contre-attaque est lancée avec succès sur Eliane 1 ; Dominique 2 peut être reprise, mais le capitaine Pichelin y perd la vie et trois de ses hommes risquent la leur pour ramener son corps. Ces positions ne sont plus que des trous d'obus et ne pourront pas être tenues. Attaques et contre-attaques se succèdent pour la reprise totale d'Eliane 2, avec l'engagement de plusieurs bataillons et des blindés du capitaine Hervouët, qui, blessé par deux fois, arrive à l'antenne et repart poursuivre le combat les deux bras dans le plâtre.

Dans la nuit du 1er au 2 avril commence le largage des parachutistes du commandant Bréchignac, une éminente figure parmi les chefs de corps parachutistes. Le parachutage s'effectue par petits paquets et ne se termine que dans la nuit du 5 au 6. J'entends encore les « gueulantes » du colonel Langlais devant ces renforts amenés au compte-gouttes et devant le refus des autorités de Hanoï de parachuter ailleurs que dans une DZ. La zone précédemment utilisée –

1. Voir page 82.

la piste d'aviation – est totalement sous les tirs viet-minh.

Huguette 7 est à nouveau attaquée, perdue puis reprise, grâce au combat héroïque des jeunes Vietnamiens du capitaine Botella. Mais les renforts parachutés sont encore si réduits que, la mort dans l'âme, le colonel Langlais décide d'abandonner la position.

C'est à ce moment-là que se déroule un événement odieux. Le 3 avril à midi, le Vietminh annonce une trêve d'une demi-heure pour permettre l'enlèvement des blessés d'Huguette 7. Les légionnaires qui partent vers les lignes adverses ne trouveront pas de blessés mais des civières portant quatre cadavres défigurés. Bel exemple de guerre psychologique... Nous ressentons douloureusement ces manifestations orchestrées pour manifester une force qui ne craint aucun jugement ni sanction et qui cherche à casser le moral de l'adversaire. Mais en prenant pour victimes des morts, au moment où il semble proposer un geste de bonne volonté, le Vietminh provoque une réaction de répulsion devant l'horreur de son geste, hors de toute humanité.

La nuit du 3 au 4 avril, un gros contingent du bataillon Bréchignac est largué à l'intérieur du camp. Le lieutenant-colonel Langlais a eu enfin gain de cause et, en fait de marquage, a fait enflammer un fût de carburant sur un banc de sable de la rivière, à la hauteur du secteur central. La nuit est claire et calme, et nous sommes sortis pour admirer le spectacle de ces coupoles blanches qui descendent lentement dans le ciel. Un jeune parachutiste atterrit tout à côté de l'antenne. Lorsqu'il se relève et me voit, il s'exclame : « Tiens, une femme ici ! » Son ton est presque optimiste comme s'il pensait : « Alors, cela ne doit pas être aussi terrible qu'on nous l'a dit à Hanoï ?... »

Lors de la contre-attaque sur Huguette 6, nous voyons arriver le maréchal des logis Ney, blessé sur son char Nettlingen. On nous l'amène à l'antenne, le visage ensanglanté, le crâne touché et un œil apparemment arraché.

Le lieutenant Defline, du 8e Bataillon parachutiste de choc[1], a été cloué au sol, le 4 avril, par une rafale qui l'atteint à l'épaule et lui fracture la cuisse, alors qu'il se porte au secours d'Huguette 6. Pour le sauver, les paras du 8e creusent une tranchée dans laquelle ils le font basculer en douceur. Malgré une piqûre de morphine, il souffre atrocement lors du brancardage jusqu'à l'antenne, où ce sera la longue attente dans le boyau central à l'atmosphère si oppressante et irrespirable. Opéré par le docteur Gindrey, il se réveille la jambe dans le plâtre : « Au-dessus de moi, dira-t-il plus tard, un visage de femme, une bonne odeur de soupe chaude ; je ne le savais pas encore, mais je venais de faire connaissance avec Geneviève de Galard... »

Je lui fais chaque jour des injections d'antibiotiques et je surveille de très près les signes d'une éventuelle infection. Curieusement, Jacques Defline attire mon attention sur les petites blessures causées par des éclats dans son cou. J'avoue que, ayant fort à faire, j'y attache assez peu d'importance. Je comprendrai la raison de son insistance quand, quelque temps après, j'apprendrai qu'il était fiancé[2].

Cette nuit-là, celle du 4 au 5 avril, le 8e BPC a chèrement payé ; les brancardiers nous amènent le sergent Legarec qui a reçu une balle dans le ventre et

---

1. Le bataillon d'une grande figure, le capitaine Tourret.
2. Apparemment, il ne m'en voulut pas, puisqu'il me demanda d'être témoin lors de son mariage.

un éclat dans le coude. Déjà blessé en février et évacué sur Hanoï, il s'est porté volontaire pour rejoindre sa compagnie, celle du capitaine Pichelin, comme son camarade le sergent Monchotte. Celui-ci a pris huit balles dans les reins.

En l'absence de moyens radio, le docteur Grauwin ne peut que lui faire administrer des antibiotiques et le garder quelques jours à l'antenne, avant de le renvoyer à l'infirmerie de son bataillon où il restera grabataire jusqu'à la fin des combats. Longtemps après, il me racontera qu'il doit la vie à quatre paras d'une autre unité, qu'il ne connaît pas. Le voyant blessé, ceux-ci, dans un grand élan de fraternité l'ont protégé en éloignant les assaillants et se feront tuer. C'est à eux, que le colonel Le Mire dédiera son livre *Épervier* : « Aux quatre silencieux compagnons de la nuit, à jamais inconnus dans leur tombe de boue ».

Le 5 avril, on nous annonce le parachutage d'une nouvelle antenne chirurgicale. Elle n'arrivera jamais... Le Vietminh a balisé une fausse DZ, et, dans le doute, le pilote a décidé de ne pas faire sauter l'antenne, qu'il ramène à Hanoï. C'est le 7 avril que sera parachutée l'antenne du médecin-capitaine Hantz, de nuit et sous les tirs d'artillerie. Hantz garde le souvenir des balles traçantes montant en gerbes pour encadrer l'appareil et de l'accueil au sol par un violent tir d'artillerie, certains de ses hommes tombant sur les barbelés, les autres dans les tranchées. Hantz, lui-même, atterrit sur le capot d'un Dodge et se glisse dessous en attendant l'accalmie qui lui permet de récupérer son matériel, disséminé mais intact.

L'annonce du parachutage du 2e Bep, pendant la nuit du 9 avril, est accueillie par des cris de joie, qui se propagent dans toute l'antenne. Et le 10 avril, Bigeard, qui, de l'avis général, a un sens tactique extraordinaire, lance une contre-attaque pour reprendre Eliane 1 [1]. Bigeard, qui commence à entrer dans la légende, ne peut pas échouer !... Sa seule présence à Dien Bien Phu donne confiance aux hommes. L'espoir renaît donc. Parmi les blessés, ceux qui le peuvent se rendent à l'entrée du boyau de l'antenne pour suivre de loin les combats. L'attaque démarre vers 6 heures et à 15 heures la mission est accomplie, après un corps à corps acharné. La gloire de Bigeard grandit encore, bien méritée, avec celle des capitaines qui ont participé à la contre-attaque et dont les noms flottent maintenant comme un panache : Trapp et Lepage, du 6e BPC, Charles et Minaud, du 2/1 RCP, Martin et Brandon du 1er Bep, dont les paras légion se mettent à chanter. Lorsque Bigeard décide d'envoyer deux compagnies du 5e BPV, les jeunes paras vietnamiens, qui n'ont pas encore d'hymne national, entonnent de toutes leurs forces *La Marseillaise.* Inlassablement, les aviateurs du capitaine Charnod et les Pims ployant sous le poids des caisses ont gravi la pente ouest du point d'appui pour ravitailler les combattants en munitions...

Ces événements admirables sont profondément ressentis par les blessés et le personnel de l'antenne. Le courage des combattants insuffle du moral à tous ceux qui ne peuvent plus se battre et trouvent le temps long dans les abris étouffants. Je suis souvent bluffée par le moral des blessés.

Je pense qu'ils sont comme moi portés par cette camaraderie omniprésente. Ainsi, le jour où Grauwin incise l'anthrax que l'humidité et le frottement d'une bretelle ont provoqué sur mon épaule gauche, Sioni, qui m'aide à distribuer la soupe, décide de le

1. Bigeard est désormais responsable des contre-attaques, et le commandant Thomas a pris le commandement du 6e BPC.

faire seul pour que je puisse me détendre et me reposer.

Un jour, le colonel Langlais me fait savoir qu'une grande agence de presse américaine, représentée à Hanoï par Margaret Higgins, propose, par un télégramme laconique, de m'offrir je ne sais combien de milliers de dollars pour lui réserver l'exclusivité de mes souvenirs de Dien Bien Phu ! Je ris et suis tellement surprise que je ne sais vraiment pas quelle décision prendre, si ce n'est de n'accepter aucun argent pour moi-même. Finalement, accaparée par mon travail d'infirmière, je n'ai tout simplement jamais répondu à cette étonnante proposition, survenue au plus fort de la bataille...

Les combats qui ont permis de reprendre Eliane 1 ont été terribles. Au 6e BPC, on compte quinze tués, vingt-six blessés, dont trois officiers, et dix disparus. Au 2/1 RCP, les capitaines Charles et Minaud sont blessés sous un déluge de fer et de feu. Charles a le bras fracassé. On lui pose un garrot et, avec un autre blessé, ils progressent, l'un soutenant l'autre dans la tranchée transformée en marécage par la pluie, jusqu'à l'antenne du docteur Vidal, où il s'affaisse à bout de forces. Le lendemain, il se réveille avec le bras enfermé dans un plâtre de poitrine. Il raconte : « L'antenne saturée ne pouvait plus garder les blessés et il fallait partir. Je fus surpris de voir une femme auprès de moi ; elle enleva son casque et le mit sur ma tête. Puis elle me prit la main et me conduisit dans un abri. C'était Geneviève de Galard. » L'endroit où je le conduis, ce sont les catacombes.

Le 13 avril, le lieutenant Brunbrouck, celui qui le 30 mars a sauvé Dominique 3, est amené à l'antenne après que le père Trinquant, aumônier du GM 9, lui eut donné l'absolution dans son abri. Gindrey, qui est son ami, le reconnaît mais il ne peut que le soulager et l'accompagner par sa présence amicale alors que la vie le quitte. Cette mort le touche beaucoup.

Vers la mi-avril, les points d'appui Huguette 6 et 7 sont de plus en plus isolés par les tranchées ennemies, qui arrivent au plus près des positions à attaquer et jusqu'aux barbelés qui les entourent. On nous amène de nombreux coolies blessés au cours des missions de ravitaillement. Pour permettre au capitaine Bizard[1] de quitter Huguette 5 et de rejoindre la position centrale, le 1er Bep lance une opération de diversion et, parmi les blessés, je vois arriver une nouvelle fois notre ami Loulou Martin.

Le 19 avril, lendemain de Pâques, le lieutenant Galopin[2] est transporté à l'antenne. Il a été blessé alors que sa section protège les Pims qui essaient de ravitailler Huguette 1, attaquée. C'est lui qui s'était chargé d'inhumer les corps des membres de l'équipage Dartigues, dont le Dakota avait été descendu par la DCA vietminh[3]. Il me reconnaît le premier et évoque l'enterrement des aviateurs. Il a été blessé dans le dos par un éclat de mortier et me demande si sa blessure est grave. Je le rassure car j'espère alors que sa forte constitution prendra le dessus. Cependant, la blessure est plus grave que je ne le pensais, et malgré tous les soins prodigués par le docteur Grauwin, il meurt dans la nuit, sans souffrance. Le père Heinrich, aumônier militaire attaché à l'antenne, lui donne les derniers sacrements.

Au PC du colonel Lemeunier, le lieutenant de Veye m'apprend la mort de son beau-frère, le capitaine Chevalier, de la 1/13 DB de la Légion étrangère, qui

1. Commandant du 5e BPV.
2. Du 1/4 Régiment de tirailleurs marocains.
3. Voir page 78.

commande Huguette 1. Le point d'appui, couvert de cratères, aux tranchées détruites, vient d'être submergé. De ce combat atroce, il ne reste qu'un survivant, tellement choqué qu'il est incapable de témoigner.

En ce 24 avril, le Vietminh conserve 35 000 combattants alors que la garnison de Dien Bien Phu ne dispose plus que 3 250 hommes en état de se battre et de 1 400 à Isabelle. Ils sont épuisés de fatigue et s'entassent dans la boue des tranchées. Combien ils méritent la citation à l'ordre de l'Armée, qui est décernée à la garnison : « Unis par la volonté de vaincre, officiers, sous-officiers, caporaux et soldats méritent l'admiration du monde libre, la fierté et la gratitude de la France »... Le même jour, le colonel de Castries est nommé général, Lalande et Langlais colonels, Bigeard et Seguin-Pazzis lieutenants-colonels.

Il est évident que tous les hommes de Dien Bien Phu n'ont pas été des héros. On a même évoqué l'effondrement de certains et des désertions. Je n'en ai pas été témoin et ne peux donc en parler. Mais que l'on songe seulement aux unités démantelées dans des combats à dix contre un, privées de leurs chefs, entraînées dans des regroupements de fortune ; à l'effet de choc des bombardements, à l'épuisement jusqu'au délabrement.

L'extraordinaire tient aux hommes en état de se battre avec une volonté ardente, dont bénéficie encore la garnison de Dien Bien Phu, pourtant trop réduite en ces derniers jours d'avril quand les C47, malgré le mauvais temps et la DCA, parviennent encore à parachuter des hommes en renforts. Parmi eux se trouve le lieutenant Maurice Schmitt, futur chef d'état-major des Armées, qui, apprenant que le lieutenant-colonel Vaillant, commandant l'artillerie, a besoin d'un officier de transmissions, s'est porté volontaire. Bel exemple de solidarité, un parmi tant d'autres. De la même façon, à l'aube du 2 mai, le commandant Guiraud, du 1er Bep, voit arriver trois hommes hagards, couverts de boue et de sang. Ils en portent un quatrième, les jambes déchiquetées, le visage cireux : c'est le lieutenant de Stabenrath. « Pour le sauver, écrit Erwan Bergot, le caporal Grana a rampé dans la tranchée, il s'est glissé sous les barbelés. Autour de lui, les bodoïs grouillaient. [...] Au fond d'un trou à demi rempli d'eau et de boue gisait Alain de Stabenrath. Grana s'est laissé tomber auprès de son lieutenant. Puis il l'a tiré à lui, il l'a agrippé et a repris sa marche en reculant [1]. »

Du 1er au 6 mai, les combats ne cessent pratiquement pas sur les Eliane, les Dominique, les Huguette. Les positions se font étrangler petit à petit par les tranchées creusées par le Vietminh. Les conditions de vie des blessés deviennent dramatiques. Nombre d'entre eux restent pendant des heures inanimés dans la boue des tranchées sans pouvoir être évacués vers les antennes chirurgicales. Gindrey raconte que la boue pénètre même dans les abdomens ouverts...

À cause des pluies, le parachutage du 1er BPC du capitaine de Bazin de Bezons, décidé à Hanoï et prévu pour la nuit du 1er au 2 mai, se fait au compte-gouttes, privant le commandement de la force qu'aurait pu représenter l'arrivée massive d'un bataillon – sans oublier l'impact sur le moral. Les huit C119 renoncent à larguer à cause du mauvais temps. Les pilotes des C47 ont du mal à trouver la DZ. Une partie du ravitaillement tombe chez les Vietminh et le reste est difficilement récupéré sous les tirs d'artillerie. Sur

1. Erwan Bergot, *Les 170 Jours de Dien Bien Phu*, Presses de la Cité, 1979.

les pitons, des abris s'écroulent sous l'action de la pluie et de l'artillerie.

Le 1er mai, on nous annonce la chute du point d'appui Eliane 1, si brillamment reconquis le 10 avril, ainsi que celle de Dominique 3. Sur Eliane 2, les combats se poursuivent au corps à corps et les combattants marchent sur les cadavres. Le capitaine Luciani, blessé trois fois, mène le combat sur Huguette 4 avec un énorme bandeau sur l'œil. Des blessés, quittant l'antenne, viennent en renfort, couverts de bandages. Le parachutage du 1er BPC continue, avec le 3 mai les hommes du capitaine Edme et le 4 ceux du capitaine Jean Pouget, ancien aide de camp du général Navarre et volontaire pour sauter sur Dien Bien Phu. La nuit suivante, le capitaine de Bazin de Bezons et son PC rejoignent ses hommes, mais, quelques heures plus tard, il aura la jambe fracassée par un obus ennemi. Les nouveaux arrivants constatent combien le moral des combattants reste élevé, à la différence du moral qui règne à Hanoï. La nuit du 6 mai, C119 et C47 réussissent à larguer un très gros ravitaillement, mais lorsque le largage du 1er BPC reprend, la DCA est très active et le parachutage doit s'arrêter avec le jour.

De nouvelles attaques sont repoussées par le 6e BPC sur Eliane 3 et le 1er Bep sur Huguette 3 et 5, mais les hommes entendent les bruits des pioches qui creusent une galerie sous Eliane 2. Un C119 piloté par un Américain est touché et explose en territoire ennemi.

Brusquement, le 6 au matin, un bruit effroyable retentit, une sorte de hurlement suivi d'une explosion. Quelqu'un dit : « Ce sont les orgues de Staline. » Une deuxième fois, on entend le son de ces lance-fusées.

Une information nous parvient : l'attaque générale sera pour ce soir, mais il n'est pas possible d'aller récupérer sous les tirs le ravitaillement ni les munitions parachutés cette nuit. L'assaut contre les Eliane commence à la nuit tombée, et, à 23 heures, une incroyable explosion secoue Eliane 2 : celle des explosifs amenés sous le point d'appui. C'est le résultat d'un travail de sape qui provoque par mines une immense excavation. Toute la nuit, les combats continuent. Une contre-attaque réussit, suscitant un espoir formidable. Une position est reprise.

Chacun sent que la nuit sera décisive. Les Eliane tombent à l'aube, submergées. L'artillerie française ne tire presque plus, à court d'obus, alors que les orgues de Staline relaient et décuplent la puissance de l'artillerie vietminh.

Alors commence cette dernière nuit à Dien Bien Phu, celle que je n'oublierai jamais. Les combats sont si intenses que les blessés ne peuvent plus arriver à l'antenne et doivent attendre sur place l'accalmie habituelle du petit matin. Mon travail terminé, je passe vers 23 heures au GAP 2 chercher des nouvelles pour les blessés. Au moment où je repars vers l'antenne, le colonel Langlais me dit : « Geneviève, restez avec nous, vous êtes notre porte-bonheur ; tant que vous serez là, la chance nous sourira. »

Après être allée à l'antenne, je reviens donc au PC du GAP 2. Couchée par terre sur des parachutes, je ferme les yeux mais je ne dors pas. Je suis minute par minute ces heures tragiques. La radio rend tout proche le drame. Je vis avec les combattants les moments d'espoir extraordinaires, lorsqu'un point d'appui est repris, et les moments affreux, lors des adieux émouvants des commandants d'unité : « Les Viets sont à dix mètres. Embrassez nos familles. Terminé pour nous. » C'est poignant, comme le compte à rebours d'un condamné...

À l'aube, tout espoir a disparu. Une sortie vers le Laos est prévue pour le soir. Le général de Castries restera pour garantir la sauvegarde des blessés. Je retourne à l'antenne, où les blessés vont maintenant affluer. Dans l'après-midi, j'apprends que la sortie ne pourra avoir lieu, les derniers combattants étant épuisés. Les combats vont cesser pour éviter le massacre des blessés. Les hommes reçoivent l'ordre de détruire avant 17 heures tout ce qui peut l'être, armes et munitions. Le capitaine Hervouët est là. Il va de l'un à l'autre. C'est alors que François Willer, du 1er RCC[1], présente, haut levée, une bouteille maculée de terre : « Mon capitaine, il n'est pas question que les Viets célèbrent leur victoire avec le champagne du 1er Chasseurs. » Hervouët approuve. Puis, une fois le précieux breuvage servi avec la parcimonie qu'impose le nombre, il ajoute : « Buvons à la liberté que nous allons perdre, à la satisfaction d'avoir tout fait pour ne pas en arriver là. Vous n'avez rien à vous reprocher. Je ferai tout pour que justice vous soit rendue un jour. Bonne chance ! »

Plus tard, le général André Mengelle, qui participait à la scène, commentera : « Toast émouvant et pot étrange, où les hommes boivent, avec dévotion, une gorgée symbolique dans les quarts qui passent de main en main. Ils retrouvent instinctivement le rite ancestral de la communion, celle des hommes d'armes soudés dans les épreuves partagées. Un dernier geste d'amitié, et pour beaucoup d'entre eux d'ultime adieu[2]. »

---

1. 1er Régiment de chasseurs à cheval.
2. André Mengelle, *Dien Bien Phu – Des chars et des hommes*, Lavauzelle, 1996.

Vers 16 heures 30, je vais dire au revoir au GAP 2. Nous sommes tous très émus. Langlais et Bigeard m'embrassent, on me confie des lettres, des adresses. De retour à l'antenne, j'apprends aux blessés que les combats cesseront à 17 heures. C'est un soulagement pour eux. Je distribue les dernières cigarettes. Le calme et un silence impressionnant s'installent sur la cuvette et c'est l'attente...

Un hôpital sous parachutes

Vers 17 heures 30, le 7 mai, les Vietminh arrivent en courant, sans tirer, et nous font sortir des abris, au grand désespoir des blessés couchés, obligés de rester sur leurs brancards.

À l'antenne, le capitaine Le Boudec, blessé le jour même, vient d'être opéré. Il est encore sur la table d'opération lorsque les combattants vietminh font irruption. L'un d'eux, casqué, manipule les instruments de chirurgie, et Le Boudec, entendant du bruit, ouvre les yeux, provoquant la terreur du Vietnamien, qui croit voir ressusciter un mort ! Il sera le dernier blessé opéré par le docteur Gindrey.

À notre sortie des abris, le terre-plein proche de l'antenne offre une vision d'horreur et je détourne les yeux. Il est jonché de cadavres violacés et gonflés qui n'ont pu être enterrés les derniers jours. Après cent cinquante mètres, nous recevons l'ordre de revenir à l'antenne. Passant à côté d'un colis de ravitaillement éventré, le docteur Grauwin nous conseille de mettre quelques boîtes de conserve dans nos poches.

Nous croisons les colonnes de prisonniers, qui se dirigent déjà vers le nord. Quelle vision révoltante et contre nature ! Quelle humiliation pour ces hommes si courageux ! Quiconque a déjà rencontré, dans la poussière âcre d'un champ de bataille perdue, de ces combattants-prisonniers marchant d'un pas lent et pesant vers une captivité inconnue ne peut plus jamais oublier le poids qui écrase leurs épaules ni la tristesse qui envahit leurs regards. Un légionnaire allemand parvient à me parler, mais il doit vite s'éloigner[1]...

C'est à tous ces hommes humiliés que je pense en ces instants tragiques, car, à ce moment, je ne me sens pas vaincue. Je suis trop occupée à poursuivre aussi longtemps que je le pourrai ma tâche d'infirmière.

Depuis quelque temps déjà, les combattants étaient de moins en moins nombreux à exprimer encore l'espoir d'une fin négociée à Genève, l'espoir d'une sortie dans l'honneur, qui éviterait au moins aux innombrables blessés de payer encore longtemps et durement dans leur chair une captivité injuste. L'adversaire lui-même n'aurait-il pas été soulagé d'éviter tant de morts inutiles ?

Hélas, les deux parties avaient encore des obligations : pour nous, ne pas voir le Vietminh arriver dans le delta. Pour eux, exploiter jusqu'au bout la dimension psychologique de leur victoire, afin de conclure les accords de Genève et convaincre les Vietnamiens qui leur étaient hostiles de leur succès inéluctable sur tout le pays.

Certains, dont le docteur Gindrey, sont inquiets de mon sort. Pas moi. Pour l'instant, je ne pense qu'à une chose : nous allons retrouver les blessés et pouvoir les entourer. En effet, en nous voyant finalement revenir, ils manifestent leur joie. Je comprends leur

---

1. Une fois libéré, Gerhard Radzuweit m'enverra régulièrement ses vœux au 1er janvier, et, à l'occasion de sa décoration de la Légion d'honneur, il me confiera que les quelques mots échangés alors qu'il partait comme prisonnier lui avaient été d'un grand réconfort.

peur de se retrouver seuls avec l'ennemi. Dans la nuit, ces derniers convoquent le docteur Grauwin. Je le vois renter vers 4 heures du matin, complètement bouleversé : « Ils sont épouvantables, ils m'ont fait signer... », murmure-t-il. Je n'ose pas lui poser de questions mais je sais que seul l'intérêt des blessés a pu le guider. D'autant plus déterminée à résister à toute pression, j'adopte une attitude très froide lorsqu'ils me convoquent à mon tour. J'ai face à moi le commandant du camp et le délégué à la Jeunesse. Ils me disent qu'ils m'ont fait venir parce qu'ils savent que je me suis bien occupée des blessés, qu'ils veulent avoir mon avis, qu'il est très important de laisser l'espoir aux blessés, qu'ils comptent sur moi, etc. Plus l'entretien avance, et plus j'ai le sentiment qu'ils veulent me faire entrer dans un jeu que je distingue mal, et je m'obstine à leur dire : « Puisque vous me parlez de l'humanité et de la clémence de votre président, la seule solution humanitaire me paraît d'autoriser l'évacuation des blessés. » Ils manifestent un certain agacement devant mon obstination et finissent par me renvoyer.

Le 8 au matin, dès les premières heures, les infirmiers partent récupérer les blessés encore vivants sur les points d'appui démantelés. Ils roulent les morts dans des parachutes et les emportent vers la morgue. Les blessés capables de marcher sortent des abris de l'antenne, heureux de quitter l'atmosphère étouffante des souterrains.

Le père Heinrich se rend, avec le docteur Rivier[1] et quelques infirmiers sur les Eliane, pour tenter de récupérer les survivants des derniers combats. Les pères Guéry et Trinquand s'acquittent de la même

1. Du 6e BPC.

tâche sur Claudine et Junon. À ce moment, Dien Bien Phu est un champ de bataille hallucinant, sur lequel plane un silence de mort. Partout où ils passent, les trois aumôniers découvrent le spectacle d'horreur qui m'a tellement frappée la veille au soir : des cadavres en putréfaction, des blessés amputés qui se traînent vers l'antenne. Au cours de sa recherche des blessés, le père Heinrich voit les Vietminh combler les tranchées et, de cette façon, ensevelir les morts. Des combattants vietminh remarquent la croix de l'aumônier et lui offrent des cigarettes, ainsi qu'aux brancardiers : ce sont des catholiques de Thanh Hoa, au sud de Hanoï. Mais le père se voit refuser l'autorisation d'aller chercher sa valise-chapelle dans son abri, tout comme le père Guéry. Celuici, ancien missionnaire à Lai Chau avant d'être replié sur Dien Bien Phu, sert d'interprète, car il parle le vietnamien.

Les blessés couchés de l'antenne vont encore vivre, les trois jours suivant la chute, au fond de leurs abris humides et boueux, et je reste seule avec Sioni pour m'occuper d'eux. Ces trois jours sont un épouvantable souvenir. Il n'y a plus d'électricité, les Vietminh ont vidé les stocks de pansements, de médicaments, en particulier les antibiotiques, si nécessaires. Ils ont emporté les bassins et les urinaux. À peine ai-je réussi à camoufler quelques gros pansements pour les blessés de l'abdomen, ceux qui ont des anus artificiels.

Une chape de plomb s'est abattue sur nous, même si l'arrêt des combats a amené un certain soulagement. J'ai bien du mal à remonter le moral de ceux qui, hier encore, étaient si courageux.

Le Vietminh met un point d'honneur à organiser un hôpital sous des tentes de parachutes, réquisitionnant les Français pour effectuer le travail. Tous les blessés sont alors regroupés à Dien Bien Phu, certains y étant ramenés, ainsi que les médecins qui étaient déjà partis avec la colonne de prisonniers. Les médecins sont chargés de faire le tri : très grièvement, grièvement, légèrement blessés ; puis les combattants vietminh les écartent, voulant assurer eux-mêmes les soins et reprendre en main le contrôle psychologique des prisonniers.

L'installation des blessés, enfin sortis des abris, prend quarante-huit heures. Durant ces deux jours, il nous est interdit de nous approcher d'eux. J'essaie de repérer discrètement la tente où se reposent les blessés de l'abdomen pour leur apporter les derniers gros pansements. Soudain, je me fais mettre en joue par une jeune sentinelle... Pas un pas de plus, sinon elle me descendra à coup sûr ! Heureusement, un médecin vietminh s'approche, me demande ce que je veux et me promet de faire parvenir les pansements aux blessés.

L'attitude du Vietminh se fait peu à peu moins arrogante que les premiers jours. En fait, nous n'avons plus à faire aux politiques, et les relations avec les médecins sont correctes. Nous pouvons parler avec eux. Sans doute gardent-ils une grande reconnaissance au professeur Huard, qui a formé la plupart d'entre eux à la faculté de médecine de Hanoï. C'est grâce à la confiance qu'ils ont en lui que celui-ci sera bientôt chargé de mener les tractations en vue de la libération des blessés[1].

---

1. Le professeur Huard était un éminent professeur de la faculté de médecine de Hanoï qui avait formé la plupart des médecins vietnamiens engagés par la suite dans les forces vietminh. Doyen de la Faculté mixte de médecine et de pharmacie, longtemps président de la Croix-Rouge au Tonkin, il avait épousé en secondes noces une Vietnamienne.

Un emplacement est attribué près de la Nam Youm au personnel de l'antenne centrale, c'est-à-dire au docteur Grauwin et aux infirmiers des deux antennes, à l'exception de l'un d'eux, Bescond. Le docteur Gindrey, lui, manque à l'appel : il semble qu'il ait eu une altercation avec un gardien et que cela lui ait valu de partir en captivité. Quant à moi, nos adversaires, choqués de voir une femme seule au milieu des hommes, souhaitent me voir rejoindre les jeunes filles vietminh qui distribuent la nourriture aux blessés. J'ai très peur de me trouver soudain isolée parmi elles. Le docteur Grauwin et les infirmiers protestent, rappelant que j'étais avec eux dans les moments difficiles et qu'ils veulent que je reste avec eux. Ils m'installent même une petite tente à côté des leurs. Que serais-je devenue si j'avais été séparée d'eux ?...

Je profite de ce temps pour me laver à la rivière, dormir et me reposer un peu. La nourriture – riz et poisson séché – est suffisante.

Ces quarante-huit heures passées, je suis heureusement autorisée à venir soigner les blessés, mais toujours en présence des combattants vietminh, sous leur surveillance, et sous une tente parachute où, l'un après l'autre, les blessés sont amenés sur un brancard. Je n'ai à ma disposition que des lambeaux de tissu en guise de compresses, et du Mercurochrome, alors que les Dakota français continuent à parachuter médicaments, pansements et ravitaillement... Un médecin vietminh me demande de retirer des agrafes et me regarde procéder attentivement. Peut-être veut-il s'assurer que je suis vraiment une infirmière ?

En revanche, je n'ai pas le droit de visiter les blessés sous les autres tentes, surtout pas les officiers, qui ont été séparés des sous-officiers et des hommes du rang et regroupés au bord de la rivière. Je les aperçois de loin et peux tout juste leur faire des gestes d'amitié. Seul le docteur Grauwin pourra les approcher, appelé par les médecins vietminh pour donner un avis sur le cas du lieutenant Defline[1]. Celui-ci vient de traverser des moments très difficiles : lorsque les prisonniers désignés comme brancardiers viennent le chercher dans son abri, à l'antenne, il est ébloui par la lumière du jour après cinq semaines de semi-obscurité. Reprenant ses esprits, il découvre un spectacle épouvantable, où voisinent, dans un chaos de terre, les carcasses de voiture, les boîtes de conserve éventrées, les uniformes déchirés, les armes brisées à demi enfouies dans la boue. Son état empire, sa blessure saigne sous le plâtre. Malgré les injections d'antibiotiques pratiquées en cachette la nuit par le docteur Grauwin, l'infection gagne. Les médecins vietminh retirent le plâtre et le remplacent par une attelle. Defline tombe dans un état de semi-conscience. Consulté à ce stade, le docteur Grauwin déclare que seule une évacuation lui permettra d'être sauvé. Defline sera donc l'un des rares officiers libérés, mais devra être amputé à l'hôpital Lanessan.

Le capitaine Robert Charles, blessé le 10 avril[2], évoque en ces termes l'ambiance des quelques jours qui ont suivi la chute de Dien Bien Phu : « Nous restons un jour ou deux sans trop bouger. Puis les combattants vietminh nous font sortir des abris et regroupent tous les blessés. Ce n'est pas un spectacle, mais une fresque d'une autre époque rappelant la fin de la bataille d'Eylau sous le premier Empire ; plusieurs milliers de blessés avec des pansements, des plâtres, des bandeaux sur la tête, des morceaux de bois pour s'appuyer, se rassemblent, silencieux, le

1. Voir page 112.
2. Voir page 115.

regard lointain exprimant l'incertitude sur l'avenir. Des petits groupes se forment où chacun cherche des nouvelles de ses camarades.

« Ces conversations sont vite interrompues par un commissaire politique qui se promène de groupe en groupe, la harangue à la bouche : — « Vous êtes les soldats égarés de l'impérialisme et du capitalisme. Vous vouliez asservir notre peuple, vous l'avez fait souffrir. Il est en droit de vous traiter le plus durement possible, mais il est généreux. Nous allons nous occuper de vous. Les plus valides vont dresser des parachutes pour faire des tentes de fortune. Pour nous, les officiers n'existent pas. Nous devrions les châtier durement car ce sont eux qui vous ont conduits sur la mauvaise voie. Nous ne voulons plus entendre parler de grade. »

« Le soir, l'ancien camp retranché est envahi par des milliers de coolies qui fouillent partout pour effectuer une récupération méthodique : une équipe cherche les armes individuelles ; une autre les mitrailleuses ; une troisième les chargeurs ; puis les postes radio, les piles, les chaussures, etc.

« Les blessés ne reçoivent aucun soin. Tous les médicaments ont été confisqués par les Viets pour leurs propres blessés. Nos médecins sont impuissants devant la souffrance de ceux qu'ils ont sauvés. Je commence à m'habituer à mon plâtre de poitrine lorsque j'ai une première invasion d'asticots. Ces petites bêtes font leur travail consciencieusement pour nettoyer ma plaie, mais leur grouillement m'interdit tout sommeil, et je dois faire quelques trous dans mon plâtre pour qu'elles puissent sortir... »

Les journées se traînent dans le camp, interminables, sans information d'aucune sorte ; les derniers arrivés en Extrême-Orient ou à Dien Bien Phu donnent à leurs camarades les quelques nouvelles dont ils se souviennent.

Parmi les prisonniers faits sur Eliane 4 et ramenés à Dien Bien Phu sous le camp de tentes-parachutes servant d'hôpital se trouve le sous-lieutenant Latanne, blessé dans la nuit du 6 au 7 mai. Sous la menace des bodoïs, ces soldats vietminh réguliers, et au prix d'atroces souffrances, il a avancé à cloche-pied, le long de la tranchée remplie de boue, puis s'est traîné sur les fesses, en progressant à reculons. Très vite ses pansements se sont couverts de boue. Malgré les « *Maolen, maolen*[1] *!* », il s'immobilise, épuisé, alors que, indifférent, le combattant vietminh qui lui intime d'avancer continue son chemin. Latanne est seul, par terre, mourant de soif, et le restera trois jours. Il se traîne finalement jusqu'à la rivière, bascule et s'évanouit. Il sera sauvé de la noyade par le docteur Rouault, le médecin de son unité, qui quitte la colonne de prisonniers pour lui porter secours, au risque de se faire abattre par la sentinelle. Après avoir refait son pansement, Rouault, le commandant Botella et deux autres fabriquent un brancard pour porter Latanne jusqu'à une infirmerie vietminh mais ils sont vite fatigués, et le brancardage devient trop douloureux. Nous sommes le soir du 7 mai, et ce n'est que le 9 au soir que des coolies le ramèneront à Dien Bien Phu, dans un filet, tandis qu'il souffre atrocement, ne sachant comment se débarrasser des mouches attirées par son pansement, sans soins et totalement déshydraté. La journée du 10 mai est pour lui un véritable martyre, et un dernier portage, toujours aussi douloureux[2], l'amène à l'hôpital sous

1. « Vite, vite ! », en vietnamien.
2. Et fatal à son camarade l'adjudant-chef Metier.

tente, où il retrouve ses camarades. Il peut enfin boire, manger et être soigné.

La veille, le sergent-chef Legrain[1] a lui aussi été transporté à Dien Bien Phu sous les parachutes et classé parmi les cas critiques. Le 7 mai, les combattants vietminh l'ont obligé à sortir de son abri malgré le plâtre qui entoure sa jambe fracturée. Il peut seulement se traîner, appuyé sur un bâton, souffrant terriblement de la jambe et d'une soif intense. Le 8 mai, il rejoint un petit groupe de blessés, dont l'un est couché sur un brancard, sans soins, un essaim de mouches s'acharnant sur ses jambes, déchiquetées. Legrain voudrait l'aider mais ne peut rien pour lui et doit continuer vers le prétendu hôpital désigné par le Vietminh. Harassé, il s'arrête ; un combattant vietminh passe, revient vers lui et lui donne une petite boule de riz, un morceau de viande ; il lui tend aussi son bidon de thé et lui adresse quelques mots sur la politique de clémence et d'humanité du président Ho Chi Minh. À midi, le 9 mai, n'en pouvant plus, Legrain se couche dans une jolie clairière et s'endort. Vers 15 heures, des bruits de voix le réveillent : ce sont des Français qui reviennent à Dien Bien Phu pour remettre en état le terrain d'aviation, en vue de l'évacuation des blessés. Ils portent des brancards en bambous et le conduisent au camp. Il espère retrouver ses camarades, mais l'espoir disparaît vite lorsque, resté seul après leur évacuation, il est dirigé vers l'enceinte de barbelés où les officiers prisonniers sont gardés par des sentinelles.

Le 10 mai, ce sont le lieutenant Ruiter et les autres blessés des abris du GCMA qui retrouvent la lumière du jour et rejoignent le camp-hôpital. Le 13 mai

1. Du 8e Choc.

s'éteint le lieutenant de Stabenrath. Je le vois encore quatre jours plus tôt, allongé sous une tente de fortune, le teint cireux et dans un état tel que je ne pense pas qu'il puisse survivre longtemps. Il va pourtant traverser encore plusieurs jours affreux, au cours desquels il sera brancardé pour rejoindre la colonne des prisonniers puis ramené à Dien Bien Phu. Déshydraté par la dysenterie, il ne peut être sauvé par les soins trop tardifs donnés par le Vietminh. Ceux-ci, voulant démontrer leur humanité, mettent pourtant un point d'honneur à gérer de leur mieux une situation difficile, due au nombre impressionnant de blessés. Mais où sont donc les médicaments parachutés ?

Le capitaine Le Boudec se trouve dans la même tente que Jacques Defline, dont il est le voisin, et dans les longues heures de semi-conscience que traverse ce dernier, il veille avec le lieutenant Ruiter sur son camarade, bien mal en point. Les combattants du Vietminh qui les soignent sont munis de masques prophylactiques. Leurs soins, raconte Le Boudec, sont sommaires mais méticuleux. Plusieurs blessés font – comme j'ai pu moi-même l'expérimenter – la différence entre l'attitude des politiques et celle, plus humaine, du service de santé et du petit personnel. Beaucoup apprécient d'être lavés, alors qu'ils ne l'ont plus été depuis plusieurs jours, même si l'heure de la toilette, parfois au milieu de la nuit, n'est pas forcément bien choisie. Le Boudec trouve le personnel vietminh attentionné, du moins dans la période où il est encore à Dien Bien Phu. De jeunes femmes, en uniforme et masquées, aident les blessés à se déplacer, leur apportent les repas, qui paraissent appétissants après les semaines de rations militaires.

Sous les tentes, le moral tient bon. Bailly, grièvement blessé à la jambe la dernière nuit, apporte de l'animation. Il chante et son refrain réussit encore à faire rire : « Ah qu'il est doux d'être fait aux pattes, quand on est pris par des démocrates ! » René de Biré[1] apprend à ses camarades les paroles des chansons de Georges Brassens : « Quand Margot dégrafait son corsage... », « Gare au gorille... », etc.

Le Vietminh porte son effort sur la propagande. À plusieurs reprises, nous sommes réunis pour voir des films sur le Congrès de Berlin, l'effort de guerre vietminh, la construction d'un canal russe. Une étudiante en médecine et une déléguée des femmes essaient de m'endoctriner tout en me manifestant une gentillesse qui me gêne beaucoup, notamment lorsqu'elles posent un bras sur mon épaule.

Lors des grands rassemblements, nos ennemis nous parlent de la clémence de leur président, de l'humanité de leur gouvernement. Ils critiquent les impérialistes occidentaux et rejettent sur les Français la responsabilité du retard apporté à l'aboutissement des pourparlers pour la libération des blessés, nous affirmant : « Vous voyez, maintenant que vous êtes battus, votre gouvernement vous abandonne. » Ces grands rassemblements nous donnent tout de même l'occasion d'approcher un certain nombre de blessés dont nous sommes séparés et nous permettent de leur remonter le moral, car ils voient les jours passer sans aucun progrès...

Du camp, nous assistons à la reconstitution et au tournage par un cameraman russe de certains combats : les figurants sont tous des Africains ou des Nord-Africains, qui seront récompensés par une distribution de cigarettes et de vivres.

1. Le général de Biré est aujourd'hui président de l'Association nationale des combattants de Dien Bien Phu.

Le 13 mai, les blessés reprennent espoir en entendant l'arrivée d'un hélicoptère. À son bord se trouvent le professeur Huard, chef de mission désigné par la Croix-Rouge, et les médecins-colonels Chippaux et Allehaut, venus négocier l'évacuation des blessés. Les médecins français prisonniers qui sont revenus à Dien Bien Phu pour faire le tri des blessés aperçoivent de loin l'hélicoptère car, leur travail terminé, ils sont de nouveau en route vers les camps de prisonniers, avec les aumôniers.

Dans l'après-midi du 14 mai, onze blessés sont évacués par hélicoptère, mais le même jour, un Beaver est accidenté à l'atterrissage, avec, à son bord, le médecin-lieutenant Arrighi, patron de l'antenne basée à Luang Prabang pour accueillir et soigner les blessés libérés. Il ne sera jamais autorisé à approcher les blessés. Les 15 et 16 mai ne voient aucun hélicoptère, aucun Beaver se poser, et le moral des blessés est très atteint, d'autant que les combattants vietminh ne cessent d'accuser les Français de se désintéresser de leur sort.

Les blessés sont souvent invités à signer des pétitions, à invoquer la clémence du président Ho Chi Minh et à demander leur libération. À mon tour, je suis sollicitée pour lui écrire. Le 16 mai, un membre du Vietminh me convoque et m'annonce que Ho Chi Minh a décidé de libérer sept cent cinquante-trois prisonniers à l'occasion de son anniversaire ; il me laisse entrevoir la possibilité de nouvelles libérations et me presse d'écrire à Ho Chi Minh à l'occasion de son anniversaire. Je demande à réfléchir.

Cela me pose un réel problème de conscience et je n'arrive pas à dormir. Après avoir pris le conseil des médecins français et de quelques blessés, je me décide, craignant, par un refus, de compromettre la libération des blessés. Celle-ci vaut bien une blessure d'amour-propre. J'essaie d'ailleurs de tourner la difficulté et envoie à Ho Chi Minh une lettre de remerciement pour les libérations auxquelles il a décidé de faire procéder. J'exprime aussi des vœux de paix, vœux qui sont au cœur de la majorité des hommes qui ont connu les horreurs de la guerre. Cette lettre n'a, dans mon esprit, aucune portée politique ; c'est la lettre d'une infirmière dont le seul souci est d'aider les blessés, pour qui l'évacuation devient chaque jour plus urgente. Évidemment, elle est publiée tronquée, et on annonce que j'ai envoyé à Ho Chi Minh des vœux d'anniversaire. Cela m'est très pénible, mais si c'était à refaire, j'agirais de la même façon car la libération, donc la vie des blessés, était en jeu. D'ailleurs, après leur libération, j'ai reçu des lettres d'approbation des plus vaillants officiers de la garnison.

Le 18 mai, dix-neuf blessés sont évacués. Mais parmi eux, il n'y a encore ni officier ni Vietnamien, et les espoirs sont mêlés de doute, car le gouvernement français a exigé qu'un certain nombre de blessés vietnamiens soient libérés.

Le 19 se déroule la célébration de l'anniversaire de Ho Chi Minh, avec de grands discours et une atmosphère de fête chez les bodoïs. Au cours du défilé militaire, qui doit être le clou de la fête, nous découvrons avec tristesse les chars français le Mulhouse et le Smolensk affublés du portrait de Ho Chi Minh. Quatre-vingt-un blessés sont évacués ce jour-là : Haas, mon cher amputé triple du 2e Bep, part avec les premiers, Serge Genty le suit de près, ainsi que Simon Marie, le jeune aveugle soigné à l'antenne.

Le 21 mai, le Vietminh m'annonce ma libération en manifestant leur joie. Mais je ne peux pas partir en laissant derrière moi les blessés, alors même que j'ai la possibilité de les soigner et de soutenir leur moral. Je ne veux pas non plus prendre la place de l'un d'entre eux dans un avion. Je leur demande donc d'attendre la fin des libérations. Ils accèdent à ma requête.

Le 22 mai, le professeur Huard, qui sait toute la difficulté de négocier dans le contexte de propagande internationale du moment, prend la précaution d'écrire à ma mère une lettre habile, à double sens, qu'il poste de Hanoï en recommandé. Il la met en garde et lui demande la plus grande discrétion pour ce qui concerne les libérations en cours. Il lui fait comprendre quelle est la théorie à soutenir officiellement :

« Je vous poste une lettre de votre fille qui m'a été remise hier à Dien Bien Phu. Vous pouvez compter sur sa prochaine libération. Ne croyez pas qu'elle soit due à mon action. Elle est due à la clémence de Ho Chi Minh, à la suite d'une lettre qu'elle lui a écrite pour son anniversaire, le 19 mai. Je vous donne ce détail pour qu'un article de presse intempestif ne vienne pas tout remettre en cause. Quelles que soient votre opinion et la mienne, il est indispensable de jouer le jeu qui nous est imposé. Nous ne voulons pas que la libération des centaines de prisonniers encore en suspens soit compromise. »

Les évacuations continuent les jours suivants à un rythme très irrégulier[1].

Le 24 mai, avant-veille du jour des dernières évacuations, le Vietminh m'oblige cette fois-ci à partir

1. Il y eut 17 évacuations le 21 mai, 115 le 22, 130 le 23. Le 24 mai, 137 blessés ont été libérés en même temps que moi, dont les 4 premiers officiers : Defline, Lécué, Daval et Césarini, ce qui ramène un peu d'espoir parmi eux. Le 25, 3 autres officiers, Cacqueray, Girardet et Sylvestre. Le 26, le professeur Huard obtient enfin que 65 Vietnamiens sur 150 blessés soient libérés. Ce seront les derniers des 858 blessés libérés.

car l'opinion internationale a laissé entendre qu'ils me retiennent, malgré leur déclaration. Je dois obéir, mais je suis bien triste, après ces dix-huit jours de captivité partagée, de laisser derrière moi, non seulement les blessés mais aussi le docteur Grauwin et le personnel sanitaire... Eux ne pensent qu'à moi et me témoignent leur amitié. Avant mon départ, je vais leur dire au revoir ; j'espère bien alors les accueillir très vite à Hanoï...

Le toubib et Julot, le téléphoniste de l'antenne, celui qui a si bien su nous détendre et nous faire sourire dans les moments les plus sombres, m'accompagnent jusqu'au petit Beaver, où m'attend le professeur Huard. Deux jeunes filles vietminh sont également là, exprimant mille vœux pour moi, ma famille et mon pays. J'embrasse avec émotion le docteur Grauwin et aussi Julot, qui me lance tout d'un coup : « Qu'est-ce que nous allons devenir maintenant, sans nos yeux bleus ?... »

Plus loin que l'enfer

Lorsque j'apprends que les libérations sont terminées, je suis déjà à Hanoï, où j'ai retrouvé les blessés libérés. Mais je pense souvent aux quelque deux cents hommes restés prisonniers à Dien Bien Phu, et à leur désespoir lorsqu'ils ont compris qu'ils ne partent pas vers le terrain d'aviation mais vers les camps.

Même si je ne suis plus alors parmi eux, je ne peux aujourd'hui taire leurs souffrances ni la vie qu'ils ont menée jusqu'à leur libération. Un certain nombre de livres et d'articles ont fait connaître les conditions dans lesquelles se sont effectués « la longue marche », puis le séjour dans les camps de prisonniers, ainsi que le chiffre ahurissant de la mortalité. Mais le sort des blessés prisonniers, non rendus par le Viet-minh lors des échanges, n'a guère été connu en dehors de leur cercle familial. Il s'agit, pour beaucoup, de blessés que j'ai soignés, et j'ai reçu tant de témoignages que je me dois de relater à mon tour leur calvaire, bien souvent passé sous silence.

Ce silence a plusieurs explications. Au début, nos gouvernants étaient soucieux de ne pas risquer de remettre en cause les accords de Genève, signés en juillet 1954 ; ensuite, il y eut les tristes justifications de l'arrêt d'une « sale guerre ». Il fallut même alors que des initiatives privées se chargent de répondre aux familles, désemparées [1].

Ce que les rescapés ont voulu me dire, je le restitue aujourd'hui en communion avec eux et leurs familles. Il est certain qu'un grand nombre de blessés, faits prisonniers avant la fin de la bataille, n'ont pas été acheminés vers une antenne et ont été contraints de prendre la route des camps. Beaucoup d'entre eux sont morts en chemin.

Le 26 mai, ceux qui sont encore sous les parachutes à Dien Bien Phu et n'ont pas été libérés partent en direction des camps : certains brancardés, d'autres en Molotova, de fabrication soviétique, entassés les uns sur les autres ; les brancardés sont chargés les premiers en plusieurs couches, les autres blessés par-dessus, à quinze ou seize, hurlant de douleur à cause des cahots de la route, surtout lorsque les esquilles d'os se heurtent [2]. Les blessés sont tellement serrés que, à ce moment, ils imaginent qu'il s'agit simplement du court trajet les séparant du terrain d'aviation. Quelle détresse et quelle révolte lorsque Le Boudec, Latanne, Ruiter et d'autres se rendent compte que les Molotova prennent la route de Tuan Giao, vers le nord !... Il leur avait pourtant été assuré qu'ils seraient libérés.

En fait, ils sont arrêtés dès la sortie de la cuvette, le Vietminh voulant procéder à une grande désinfec-

---

1. Mme Bidault, l'épouse du ministre des Affaires étrangères, a dû mettre sur pied, à titre personnel, un bureau d'accueil et d'information des familles de prisonniers. Après ma libération, j'y retrouvai Mme Lalande, épouse du colonel Lalande (qui commandait le PA Isabelle), beaucoup plus assidue que moi qui étais souvent en mission de convoyeuse. Avant Mme Bidault, Mme de La Croix-Vaubois, dont le fils était prisonnier, avait, elle aussi, mené une action efficace.

2. C'est le cas du lieutenant Rolin, dont le tibia est fracturé.

tion : dix litres de désinfectant sont lancés sur les blessés sans ménagement dans chaque véhicule. La nuit tombe, il pleut et l'ambiance est sinistre.

Après trois heures, le convoi arrive dans un premier camp. Ce sont à peine des abris bas, ouverts à tous vents, et tout juste couverts de branchages et d'herbes à éléphant pour protéger de la pluie. Les blessés pataugent dans la boue pour aller rejoindre les bat-flanc. Le sergent-chef Legrain, arrivé la veille, s'est endormi sous la pluie, roulé dans une couverture. Lorsqu'il veut reconnaître les lieux, ses béquilles s'enfoncent dans un sol spongieux. Il règne dans ce camp une odeur d'humidité, de moisissure, de chair décomposée, l'odeur de la mort. Personne ne s'occupe des blessés, mais ils sont soumis à une fouille sévère, les combattants vietminh confisquant toutes les affaires personnelles, argent, couteau, papier...

Le moral est au plus bas, mais soudain dans le silence, « deux légionnaires se mettent à chanter. Ils sont slaves, leurs deux voix se mêlent et je reçois une formidable leçon d'optimisme. Il en faut ! », raconte Lucien Le Boudec : « Les bat-flanc sont constitués de rondins tordus, irréguliers, non équarris. L'abri est dérisoire et il pleut sans discontinuer. De plus, les places manquent, je suis serré entre Charles, blessé au coude droit et dont le plâtre de poitrine ne sèche pas dans cette humidité, et de Wilde, dont le dessus de la main droite a été emporté par une balle. Nos blessures non soignées, nos pansements souillés sentent très mauvais, et nous sommes obligés de nous accorder pour tourner simultanément afin de détendre nos membres ankylosés. »

De ce camp, le capitaine Charles a le souvenir d'un lieu où, dit-il, « nous sommes en attente soit de la mort, soit d'une amélioration de notre santé avant d'entreprendre une marche vers un autre camp. » Les soins sont inexistants. « Les effectifs se réduisent d'eux-mêmes, poursuit-il, soit à l' « hôpital », soit sur la piste. Je garderai toujours en mémoire la détresse physique et morale des hommes grièvement blessés. Je vais les voir deux fois par jour pour leur prodiguer des paroles d'encouragement ; dans de telles situations, il ne faut pas céder au désespoir, mais croire en la vie. » Le docteur Gindrey, Le Boudec et ses camarades assisteront, impuissants, à la mort du jeune lieutenant Delafontaine, grièvement atteint à la hanche et laissé sans soins.

Le sort des blessés vietnamiens, qui ont servi avec tant de courage, est encore moins enviable : « Ils sont traités par leurs « frères » du Vietminh comme des bêtes malades de la peste, témoigne Charles. Ils m'implorent de leurs yeux, qui me demandent de faire quelque chose pour eux. Lorsque je le peux, en cachette, je leur apporte un peu de nourriture. Le sort qui les attend est d'une cruauté inimaginable. »

Le sous-lieutenant Latanne garde également de ce premier camp, situé entre Dien Bien Phu et Tuan Giao, le souvenir d'un lieu où les blessés touchent le fond de la détresse : la pluie, la boue, la nourriture minimale, l'absence de soins, tout cela s'ajoutant à l'immense déception de n'avoir pas été libérés, malgré les affirmations du Vietminh. Il garde la vision atroce d'un jeune lieutenant parachutiste, la tête inclinée sur le côté, qui a été tué alors qu'il tentait de s'échapper et exhibé pour servir d'exemple.

Les blessés d'Isabelle[1] rejoignent ceux de la position centrale dans cet « hôpital » de campagne, situé

1. Seulement 83 ont été libérés.

au nord de Dien Bien Phu[1]. Ils apprennent à leurs camarades l'incendie qui s'est déclaré à l'antenne d'Isabelle, le 7 mai au soir, et la panique qui s'ensuivit : on vit des blessés de l'abdomen, opérés depuis quelques heures par le docteur Résillot, arracher leur perfusion et fuir en se tenant le ventre, tous s'efforçant d'emporter leurs camarades immobilisés dans les brancards. À 20 heures, l'antenne, évacuée, achevait de brûler.

Pendant ce temps dans les abris, l'infection des blessures augmente, car les pansements ne sont pas changés, dégageant une odeur épouvantable. Un jour, les combattants vietminh font procéder à une grande toilette dans la Nam Youm, qui coule près du camp. « Nous nous y rendons, raconte Pierre Latanne, en une procession lamentable de gueux en lambeaux, vêtements déchirés, rampant, boitant, certains à cloche-pied, d'autres à petits pas, nous aidant mutuellement. Je fais le chemin à reculons, assis par terre, effectuant des tractions sur les bras afin de faire suivre mes jambes, inertes. » C'est Planet qui, malgré ses blessures graves à la poitrine, aide Latanne et lui frotte le dos avec du sable, en l'absence de savon.

Les repas se limitent à une boule de riz et à une infusion de goyave. Ils n'ont plus rien à voir avec ceux distribués à Dien Bien Phu sous les parachutes, où le buffle bien assaisonné était fort apprécié. Ici, chacun a droit seulement à sept ou huit cents grammes de riz par jour.

Dans le camp, les blessés aux membres supérieurs, qui peuvent se déplacer, aident leurs camarades inca-

1. Parmi eux se trouvent les capitaines Désiré, Fournier, Carré, Botella, le lieutenant Legendre, le sous-lieutenant Planet.

pables de marcher et effectuent les corvées sans se plaindre : corvées de riz ou d'eau. Les premiers cas de dysenterie se déclarent.

Les blessés doivent élire un chef de groupe, la hiérarchie française étant abolie. « D'un commun accord, explique Le Boudec, nous désignons le lieutenant Datin, qui peut marcher et qui servira de relais avec le Vietminh. »

À la fin de mai, nos adversaires commencent à faire partir vers Tuan Giao, à une centaine de kilomètres, tous ceux qui sont susceptibles de marcher. Le sergent Monchotte, atteint aux reins par des balles, qui n'ont toujours pas été extraites, marche courbé, et les combattants vietminh décident de lui retirer les deux bâtons sur lesquels il s'appuie. Le docteur Gindrey réussit à les convaincre de les lui laisser. Il ne reçoit aucun soin de toute la marche et lavera lui-même ses plaies en passant près d'une rivière.

Charles et Datin partent à pied, et pourtant ce dernier a une balle dans la poitrine et des éclats aux jambes. Le sergent-chef Legrain, qui souffre encore de sa fracture, est considéré comme guéri et doit aussi partir à pied, sans chaussures, en s'appuyant sur un bambou.

Lorsqu'il ne reste que les grabataires, les Molotova réapparaissent et le chargement par couches recommence. Le voyage a lieu de nuit, dans des conditions effroyables à cause des ornières. Deux blessés meurent durant le trajet.

Lors de la première étape, les blessés aux jambes descendent des Molotova et doivent béquiller pour rejoindre l'emplacement qui leur a été désigné. Il n'y a que trois paires de béquilles, et Le Boudec est choisi pour faire la navette entre les groupes afin que tous les blessés puissent se rassembler. Heureusement, sa blessure au mollet ne le fait pas trop souffrir, mais en clopinant il passe trop près d'un feu qu'un combattant vietminh essaie d'allumer et celui-ci le menace d'un bâton. La réaction de Le Boudec est vive : « Je tiens mes béquilles de la main gauche et un assaut d'escrime s'organise. Celui-ci n'est pas du goût du chef de convoi, qui intervient et me condamne à vingt coups de bâton, à recevoir assis, torse nu, la poitrine et le bras bandé. Il n'est plus question pour moi de résister, mais des murmures s'élèvent du groupe de mes camarades. Je dois leur demander de se taire et je subis le châtiment prescrit. »

Les semi-valides atteignent Tuan Giao vers le 15 juin, après une semaine de marche très pénible sur une route de montagne difficile et souvent ravagée par les bombardements. Les blessés aux jambes peinent dans les descentes, les blessés au poumon soufflent dans les montées. De plus, ils subissent de grosses averses. À un endroit, la route a été ravinée par les pluies et par le passage de nombreux convois. Le Vietminh l'a remise en état avec des rondins de bois couverts de boue. Pieds nus, Legrain glisse et serre les dents de douleur et aussi de rage en pensant aux blessés vietminh, évacués par hélicoptère de Dien Bien Phu sur l'hôpital Lanessan. Parfois les blessés s'enfoncent dans la forêt pour éviter certaines portions de piste qui ont été bombardées par nos avions. Quittant la route de Lai Chau, ils pénètrent dans la brousse, dans un bois sombre à flanc de colline et arrivent au camp de Tuan Giao.

Dès leur arrivée, ils sont réceptionnés par le *canbô* ou commissaire politique. Monsieur Ky Tu[1] les

1. Ky Tu, personnage assez important de la hiérarchie vietminh, était chargé de l'endoctrinement des prisonniers. Il venait du tristement célèbre Camp no 1, que le journaliste-écrivain Jean

accueille par ces mots : « N'oubliez pas que vous êtes des prisonniers de guerre, des assassins, des mercenaires, valets des colonialistes français et des impérialistes américains. »

On avait annoncé aux blessés un hôpital de campagne. Charles estime que le mot est impropre et qu'il vaudrait mieux dire mouroir : « Dans un grand carré, au milieu d'une végétation épaisse qui ne laisse pas passer les rayons du soleil, où l'eau des pluies goutte sans arrêt, dans la pourriture des plaies infectées et des déjections humaines dues à la dysenterie, nos « protecteurs » viets ont installé des rondins à cinquante centimètres de hauteur pour nous isoler du sol. » Sur un terrain légèrement en pente, le camp est constitué de quatre baraques ceinturant une cour rectangulaire où le soleil ne peut pénétrer car le lieu est à l'abri des grands arbres, invisible depuis le ciel. Les sous-officiers et soldats métropolitains occupent la baraque du bas, les Nord-Africains, les Vietnamiens et les Thaïs celle du haut. Les officiers occupent une baraque sur l'un des petits côtés, et les légionnaires leur font face. Ce sont plutôt des cabanes, des cahutes que des baraques.

Très vite, les officiers sont isolés des autres combattants. Malgré cela, Le Boudec et Latanne ont la visite en cachette d'un Vietnamien de leur compagnie, venu leur apporter du tabac. Au centre de la cour, une sorte de rotonde sert de salle de consultation pour le Docteur qui vient chaque matin, portant un masque de gaze, et reçoit les consultants dans un ordre bien établi : les Nord-Africains, les légionnaires, les Français, soldats puis officiers ; ensuite,

---

Pouget a magistralement décrit dans son roman *Le Manifeste du Camp no 1* (Fayard, 1969).

volontairement placés en queue comme des parias, les Thaïs et les Vietnamiens. Le Docteur lève à peine les yeux sur le malade, et ne le touche surtout pas, mais écrit dans un registre et distribue avec parcimonie quelques médicaments. Puis il part, très digne et quasi muet, suivi de son infirmier, faire le tour des « immobiles ». Dans la grande baraque, dénommée infirmerie, les pansements sont refaits tous les dix ou quinze jours, avec nettoyage au Dakin. Lorsqu'un plâtre est trop ramolli par le suintement d'une fracture ouverte, il est éventuellement refait. Les « pansements » sont des morceaux de parachutes ou des lambeaux de chiffon lavés, relavés et bouillis sous la surveillance des médecins français.

Latanne souffre atrocement de sa blessure à la jambe. Il a tout de même droit à quelques rares piqûres de morphine, qui seules le soulagent un peu. Immobile sur son bat-flanc, il est, comme les autres « immobiles », la proie des mouches. Volant en circuit des feuillées aux blessés et à la cuisine, elles transportent sous leurs pattes des quantités de microbes. Elles s'agglutinent sur les pansements sales et malodorants, d'où s'échappe une odeur de putréfaction. Lors d'une visite du médecin celui-ci fait refaire le pansement de Latanne, dont la jambe est enflée et violacée et le pansement très souillé. Il est temps : les chairs sont noires, boursouflées, puantes. Il ne bénéficie que d'un nettoyage au Dakin, qui na aucun effet sur la douleur, mais lui donne le sentiment de ne plus sentir la mort. L'état de la jambe s'aggravant, le médecin décide d'opérer. Latanne a droit, grâce à la « clémence inépuisable de l'oncle Ho », à un jet de produisant une sensation de froid glacial pendant quelques secondes. « L'effet avait disparu et il continuait à me charcuter, raconte-t-il. Maintenu de force par cinq bodoïs qui empêchaient tout mouvement, je crois que j'ai hurlé, trop de souffrance d'un seul coup. Je frôlai la perte de connaissance, il fourragea longtemps. — "Voilà ce qui vous faisait tant souffrir, un bel éclat métallique !", dit le chirurgien. Je demandai s'il pouvait me le conserver, ce qu'il fit. »

Latanne n'est pas le seul à passer entre les mains du chirurgien. Planet, qui a eu le torse perforé par des éclats d'obus, a les poumons envahis par le pus. Le médecin lui enfonce profondément et sans ménagement dans la plus grosse plaie du dos un drain guidé par une tige métallique. Planet serre les dents et chancelle en disant : « Putain que ça fait mal ! » La plaie de Le Boudec bourgeonne et une dizaine de petits doigts tout roses sont coupés ras, au ciseau. C'est impressionnant !... Tout cela se passe hors de la présence du seul médecin français resté à Tuan Giao, le docteur Prémilieu, le docteur Gindrey étant déjà parti vers un autre camp avec le capitaine Charles.

Dans le camp de Tuan Giao, « la dysenterie fait des ravages, rapporte Latanne. Les blessés susceptibles de marcher avec l'aide de béquilles et de cannes se lèvent plusieurs fois par nuit pour aller satisfaire, en boitant ou de façon malaisée, leurs besoins, toujours pressants. Leur cheminement devient un calvaire quand il pleut, ce qui est fréquent en cette époque de mousson. Le sentier qui mène aux feuillées n'est qu'un cloaque de boue et d'excréments, car certains n'ont pas le temps d'arriver à destination. Sans lumière la nuit, souvent sous la pluie, avec la menace du bruit de la culasse des fusils des sentinelles, ces navettes deviennent des expéditions cauchemardesques. Certains ont résolu le problème avec des paniers tressés garnis de feuilles de bananiers et de cendres récupérées qu'ils gardent à proximité de leur couche. Ils vont le vider à l'aube et le laver à la rivière. »

Ceux qui ne peuvent se déplacer utilisent de vieilles boîtes de ration que les plus valides se chargent de vider. « Quand les feuillées sont pleines, raconte encore Latanne, les Viets font appel aux prisonniers valides capables de manier une pioche et une pelle pour les boucher et en creuser d'autres. » Les latrines consistent en « une grande fosse creusée dans le sol et traversée par deux planches parallèles distantes l'une de l'autre d'une cinquantaine de centimètres, qui sont très glissantes, car souillées par les déjections des dysentériques. Il y a des chutes dramatiques. L'air environnant est irrespirable. »

Une grande campagne prophylactique est entreprise pour lutter contre la prolifération des mouches. « On remet alors à chacun d'entre nous un lot de lamelles de bambou que nous devons tresser pour confectionner des tapettes », précise Latanne. « Ne mangeront que ceux qui présenteront vingt-cinq cadavres de mouche ! », décide le chef de camp. Ceux qui en ont tué des dizaines, attirées par leur pansement nauséabond, en offrent aux voisins afin qu'ils atteignent leur quota.

À Tuan Giao, « les séances d'endoctrinement sont fastidieuses, irritantes, mais ont l'avantage de faire passer le temps, se souvient Le Boudec, d'autant que chaque séance est suivie d'une discussion « libre » mais obligatoire sur le sujet qui vient d'être traité. » Un jour, Legrain, au cours d'une conversation plus ouverte que d'habitude, reçoit une gifle magistrale pour un éclat de rire, et doit faire son autocritique. Malgré cela, les journées sont désespérément longues, sans nouvelles, sans radio. Chacun doit faire un effort pour parler d'un sujet autre que la bouffe ou les voitures, et alors entrent en scène ceux qui ont une spécialité, un hobby : chasse à la palombe, rugby, parachutisme, montagne...

Singland, l'un des blessés, qui aime chanter et le fait bien, décide de combattre l'ennui par tous les moyens. Il réalise une horloge solaire en plantant bien verticalement un bâton dans le sol. Un autre, le capitaine Bailly (celui qui s'est privé de sa Légion d'honneur pour que je puisse être décorée à Dien Bien Phu) apporte sa gaieté, son sourire, sa gentillesse, son optimisme, son moral à toute épreuve. Plâtré de l'aine aux orteils, il fait rire le voisinage lorsque, grâce à une suspente de parachute, il utilise son plâtre comme un pantin, car, ramolli par la sécrétion de sa fracture ouverte, celui-ci se plie à 45 degrés. Bailly parle à son plâtre, et l'effet, selon Legoubé, est hilarant. Lorsqu'il se met à raconter les aventures incroyables qui ont déjà rempli sa vie, ce jeune capitaine, ancien des services secrets britanniques durant la Seconde Guerre mondiale et du contre-espionnage français, officier de la Légion d'honneur à vingt-neuf ans, communique à ses camarades un peu de son tonus.

Dans la baraque des officiers, à part quelques exceptions, il règne un grand esprit d'entraide ; peut-être surtout au sein d'un même corps. La cohésion est exceptionnelle entre parachutistes, entre légionnaires, peut-être un peu moindre vis-à-vis des autres. Latanne se souvient de l'aide que lui apporte son camarade Raymond Delobel lorsque l'état de sa jambe empire, « l'obligeant à manger, à sortir d'un isolement mortel ». Avec une volonté farouche de tenir, de ne pas se laisser aller, chacun s'oblige à faire sa toilette, à se raser au moins deux fois par semaine, à laver sa gamelle après chaque repas, même si la corvée d'eau échoit toujours aux mêmes car le groupe d'officiers est celui qui comprend le plus fort pourcentage de blessés des membres inférieurs. Le Boudec manie, de la main gauche, la droite étant plâtrée, une tondeuse à la limite d'être hors d'usage, et qui tire les cheveux, ce qui lui attire peu de remerciements. La gouttière métallique du capitaine Trapp, devenue inutile, est transformée en grossières cuillers, bien utiles pour manger proprement sa pitance.

Les blessés essaient d'occuper intellectuellement leur esprit ; malheureusement, il n'y a que trois livres en circulation dans le camp : un roman de Paul Vialar, *La Grande Meute,* un précis de langue italienne et une anthologie de la poésie française au Moyen Âge, hélas très vite confisqués par le Vietminh. Certains jouent avec des cartes découpées dans les pages d'un petit carnet. D'autres, pour jouer aux dames, se servent de cailloux en guise de pions sur un damier dessiné au sol. « À aucun moment, la baraque des officiers n'est silencieuse, précise Legoubé. Jamais cet ennui lourd, pesant, poisseux comme l'air qui stagne sous les arbres ne réussit à jeter sa chape sur ce groupe. On attise la conversation, on l'entretient pour que jamais elle ne s'éteigne. C'est comme un feu, une flamme qui fait reculer les ténèbres de la solitude, et empêche la pieuvre de nouer ses tentacules. »

Connaissant les conditions d'existence des blessés, couchés sur des bat-flanc faits de rondins de bois, logés sous des toitures d'herbes non étanches, mal nourris, je suis remplie d'admiration et d'émotion à la lecture de ces témoignages qui m'ont été confiés...

Parfois, les détenus de ce camp immonde se font même poètes. Ceux qui ont la corvée d'aller chercher l'eau à la rivière, parce que plus valides, disent apprécier la beauté du site. Le lieutenant de Biré prétend que le paysage ressemble à certains coins de ses chères Pyrénées. Legoubé en fait une description lyrique : « La clairière qui remonte de part et d'autre du cours d'eau fait dans la forêt uniforme une déchirure qui permet des échappées vers des lointains aux moutonnements bleutés... » Pour lui, « descendre à la rivière ne signifie pas seulement faire provision d'eau, faire sa toilette, laver son linge ou celui de son voisin immobile ; descendre à la rivière, c'est aussi faire provision de rêve et d'espérance ». Ceux qui sont rivés à leurs bat-flanc, comme Latanne, du moins jusqu'au jour où un plâtre lui permet de se déplacer un peu, admirent un paysage particulièrement luxuriant lorsque, la pluie cessant et le brouillard disparaissant, le soleil chasse les dernières brumes. Ils entendent plus qu'ils ne les voient les petits singes et leur bruyante sarabande.

Tous les officiers reconnaissent que la présence parmi eux des docteurs français Gindrey et Prémilieu, puis de Prémilieu seul, leur donnant conseils et règles d'hygiène, à défaut des médicaments dont ils ne disposaient pas, a été pour beaucoup dans leur survie. Les sous-officiers et les hommes du rang n'ont pas eu ce privilège. Un seul officier est mort à Tuan Giao, alors que chez les sous-officiers et les hommes du rang la mortalité était très élevée. Cette mort a d'ailleurs été ressentie très douloureusement car personne ne l'avait pressentie, le lieutenant Depoisier étant un homme plutôt fort et qui ne se plaignait jamais.

Régulièrement, le Vietminh organise des convois pédestres vers d'autres camps-hôpitaux du Tonkin, décrits comme des paradis. En prévision de ces départs, Le Boudec et Datin se portent volontaires pour aller chercher le riz, à environ dix kilomètres ; ils veulent reprendre de l'exercice pour mieux endurer la longue marche de Tuan Giao à Thuyen Quang et éventuellement s'évader. Ils font même cuire des galettes de riz en préparation de cette hypothétique évasion.

Déjà le 11 juin, un convoi de deux cents hommes, dont onze officiers et cent soixante-dix blessés, quitte le camp. Parmi les officiers se trouvent les capitaines de Wilde et Hervouët, que je connais bien et que j'ai soignés à Dien Bien Phu. Ils n'ont transité à Tuan Giao que quelques jours. Hervouët a les pieds et plusieurs plaies infectés, il n'est pas en forme et pourtant, comme les autres, il porte sur les épaules un jeune sous-lieutenant de son groupe qui s'est donné une entorse. Épuise à son tour, atteint de diarrhée puis de dysenterie amibienne, brancardé par de Wilde, le sergent-chef Achard et le caporal-chef Jansen, puis se traînant pour leur permettre de récupérer, isolé à chaque arrêt comme un paria, faisant preuve d'une dignité et d'un courage exceptionnels, Hervouët meurt le 10 juillet. De Wilde obtient de l'enterrer selon nos traditions et l'honneur militaire.

Le capitaine Charles et le docteur Gindrey quittent à leur tour Tuan Giao vers la fin de juin, bien décidés à s'aider mutuellement dans les moments difficiles. Leur colonne compte environ une centaine d'éclopés. La longue marche vers le Camp n° 1, près de la frontière chinoise, commence : près de cinq cents kilomètres à parcourir en étapes de vingt à vingt-cinq kilomètres. « Nous avons la chance de vivre, maintenant il faut survivre ! », résume Charles. Pour éviter de se laisser enfermer dans une mentalité de prisonniers-esclaves, Charles et Gindrey décident de « se considérer comme des reporters chargés d'étudier la logistique qui a permis au Vietminh de gagner la bataille ». Ils décident aussi de respecter certaines règles alimentaires et d'hygiène, et de ne jamais se laisser aller. Avant chaque repas, ils s'obligent à étaler sous leur bol de riz un carré de parachute en guise de nappe et à le laver chaque jour.

La piste est fatigante et, malgré son plâtre de poitrine, Charles doit porter une partie de la ration de sel de la colonne. Lui et Gindrey brancardent un blessé handicapé par une plaie infectée à la cheville. Une nuit, un Vietnamien prisonnier se glisse jusqu'à eux. Il sait que ses camarades et lui quitteront le convoi le lendemain et il apporte au capitaine Charles quelques comprimés d'opium contre la dysenterie et quelques autres de Nivaquine contre le paludisme. Un sort affreux l'attend : être fusillé, ou avoir les tendons d'Achille tranchés avec une lame de rasoir [1].

Lorsque Gindrey est épuisé, Charles lui porte son sac et l'encourage, mais quand, à son tour, il faiblit, Gindrey est là pour l'aider. « La camaraderie, au sens total du terme, est le meilleur remède », écrira-t-il plus tard.

Un jour de très grosse pluie, les gardiens s'installent chez l'habitant et les prisonniers sont conduits dans le parc à buffles où, toute la nuit, ils seront piqués par des insectes : nuit terrible, où ils ne pourront trouver le sommeil.

Une autre fois, au moment de la halte, Charles va faire sa toilette près d'un ruisseau bordé de roseaux ; il entend un bruit et voit une jeune femme thô qui dépose deux assiettes contenant de la nourriture et qui disparaît. Il ne peut pas oublier cette apparition réconfortante.

---

1. Un certain nombre de combattants vietnamiens de Dien Bien Phu ont subi cette amputation et se traînaient en rampant sur les coudes et les genoux, avec une ration insuffisante pour survivre, promis à la mort en quelques semaines (témoignage du capitaine Cuq).

À proximité de la zone des camps, les sous-officiers et hommes du rang sont dirigés vers l'un d'eux, et Charles et Gindrey restent seuls avec leurs gardiens. Ils logent chez l'habitant. Un jour, ils sont chez un ancien tirailleur de la période coloniale, qui leur apporte des aliments en cachette de son fils, acquis au Parti. Quelle émotion de voir que cet homme n'a pas oublié la France !... Bientôt, ils aperçoivent des paillotes : c'est le Camp n° 1, où ils retrouvent leurs camarades déjà arrivés, et aussi ceux qui sont là depuis octobre 1950, après les désastres de Cao Bang et de la RC 4.

Le 16 juillet, à leur tour, Le Boudec, Datin, Roux, le docteur Prémilieu, Delobel, Carré, Bazin, Clément, Rollet, Legrain, Boulay et d'autres évadés repris, ainsi que quelques prisonniers de la colonne Crèvecœur, quittent leurs camarades de Tuan Giao, sur ordre du Vietminh, avec un sentiment de remords car ils laissent derrière eux ceux qui ne peuvent encore se déplacer, mais ô combien soulagés de quitter ce mouroir. Le convoi qui s'éloigne ce jour-là de Tuan Giao a piteuse mine. Les blessés au poumon soufflent et suffoquent dès que l'effort se prolonge. Roux, atteint à la hanche, clopine en s'appuyant sur un bâton. Il n'a pas de chaussures, et ses pieds sont très ensanglantés. Legrain boite également. Boulay, enfin débarrassé des liens qu'il portait depuis sa tentative d'évasion ratée, est en meilleure forme. Les blessés doivent porter leur riz, et Le Boudec se félicite de s'être confectionné à Tuan Giao, en guise de sac, un boudin dans les jambes de son vieux treillis, avec une aiguille de fortune.

La route est pénible pour les blessés, même si les étapes sont « courtes » : de dix à quinze kilomètres. « Puis il faut attaquer la montée du col des Méos de nuit et sous la pluie battante, dans une obscurité quasi totale, raconte Le Boudec, des heures à se traîner, glisser, tomber, repartir, soutenir ceux qui menacent de renoncer et acceptent de mourir au bord de cette route défoncée. » Des croix signalent les tombes de ceux qui sont morts d'épuisement et ont été enterrés par leurs camarades... Ils sont harcelés par les moustiques, les mouches et même les sangsues. « La marche, bien que peu rapide, est épuisante pour des organismes sous-alimentés, non entraînés et dont le moral n'est pas toujours brillant. »

Quittant la RP 41 [1], le groupe continue vers Co Noî. La rivière Noire est franchie sous bonne garde à cause des risques d'évasion. En allant vers Yên Bay, certains donnent des signes d'épuisement. Datin et Le Boudec attendent le commandant de Bazin. Celui-ci leur demande de l'abandonner, mais ils le portent sur leur dos cent mètres chacun. À son tour, Le Boudec est vidé par une crise de paludisme. Datin, Roux et le docteur Prémilieu lui viennent en aide et lui permettent de récupérer.

Lorsque l'armistice sera signé, le Vietminh ne l'annoncera pas officiellement. Mais les prisonniers pourront alors marcher de jour, sans souci d'éventuels bombardements.

Le 14 août, le convoi arrive à Thuyen Kuang, puis, après une autre journée de marche, au Camp n° 1. C'est la fin du cauchemar car la libération est proche. Pas pour tous, malheureusement. Le capitaine Désiré, très mal en point, a été laissé à Tuyen Quang. Près de lui, le sergent Monchotte sombre dans une sorte de coma, et tous deux sont installés au mouroir. Ils y seraient sans doute morts si le commandant

1. La route principale n° 41.

Tourret, passant par ce camp, n'avait alerté la commission d'armistice de Viétri, qui envoie un hélicoptère.

Pendant ce temps, les blessés inaptes à la marche sont restés à Tuan Giao. Ils sont ramenés dans le delta dans des camions Molotova. Toutefois, le camp hôpital étant éloigné de la RP 41, tous, y compris les plus atteints, doivent gagner la route à pied. Bailly, incapable de marcher, voit des combattants vietminh mettre le feu à son bat-flanc pour le contraindre à bouger. Ils ne le sauvent qu'au dernier moment, et ces grands blessés rejoignent enfin leurs camarades.

Il est évident que, dans toutes les situations cruelles auxquelles l'homme est confronté, et plus encore quand elles se prolongent, les faibles craquent et les forts se révèlent. Après Dien Bien Phu, tout n'a pas été pur héroïsme au cours de ces longues captivités, il y eut les héros et les égoïstes. Si l'on peut admirer les premiers, il faut rester prudent et indulgent vis-à-vis de ceux qui ont cédé à l'instinct de survie, confrontés à tant de violence et au désespoir de l'abandon. Certains, qui se sont effondrés en captivité, ont d'ailleurs été capables de retrouver leurs valeurs, une fois leur condition physique rétablie. Beaucoup de ceux qui ont craqué étaient plus faibles physiquement, notamment les plus jeunes, car ce n'est que vers la trentaine que l'homme est en pleine possession de ses moyens.

Pour tous les blessés prisonniers qui ont vécu la longue marche et l'infamie des camps, il est très difficile, même avec le recul d'un demi-siècle, de « faire le deuil » de ces événements. Lorsque l'on est descendu plus bas que l'enfer, comment tourner la page ? Comment oublier ? Et surtout, comment arriver à distinguer, après coup, l'horreur résultant des défaillances humaines et de la perversité de certains bourreaux – en appréciant la pauvreté de leurs moyens et les rares moments où quelques-uns savaient se montrer humains – et l'ignominie d'un système entièrement occupé à dégrader les plus faibles et à faire disparaître ceux qui veulent lui résister ?

Le souvenir, « ce miroir vivant qui fait souffrir toutes les tortures », comme dit Maupassant, a souvent bien du mal à faire le partage...

Hanoï-Saigon-Paris

24 mai 1954. Après dix-sept journées aux mains du Vietminh, je suis libre ! Libre, mais triste d'avoir dû quitter mes camarades et mes blessés, pour qui l'espoir d'être libérés est de plus en plus faible. J'aurais tant voulu partir avec les derniers...

Dans le petit Beaver qui m'emmène à Luang Prabang en compagnie du professeur Huard, j'écoute attentivement ce qu'il me dit : « Je ne sais si vous avez réalisé que le monde entier a les yeux fixés sur vous, la seule Française à Dien Bien Phu, et prisonnière du Vietminh. Des dizaines de journalistes et de photographes vous attendent à Hanoï. » Je lui réponds : « Alors, je pense que le plus difficile n'est pas derrière moi... » Pourtant, je suis heureuse d'être libre. Je pense à ma mère, à ma sœur, dont l'angoisse a enfin cessé, à mes camarades convoyeuses que je vais retrouver à Hanoï.

Le Beaver se pose à Luang Prabang, où je reçois un accueil extraordinaire. L'atmosphère est purement militaire, et amicale. C'est un moment privilégié qui me fait chaud au cœur chaque fois que j'y repense. Lorsque je descends de l'avion, un peloton de légionnaires me rend les honneurs ! Je suis extrêmement émue lorsque je passe devant leurs rangs.

Bien sûr, ils savent que le jour anniversaire de Camerone, à Dien Bien Phu, le colonel Lemeunier m'a nommée première classe d'honneur de la Légion [1].

Un jeune caporal-chef me demande si je souhaite envoyer des télégrammes à ma famille, ce que je fais immédiatement. Vingt et un ans plus tard, à l'occasion de l'anniversaire de Dien Bien Phu, je recevrai une lettre de ce militaire, qui était radio au centre de transmissions de Luang Prabang : « Je vous revois à votre libération par le Vietminh à votre arrivée à l'aérodrome de Luang Prabang, par un bel après-midi de mai 1954. J'étais là, à votre descente du petit Beaver. Vous aviez, je crois bien, revêtu une tenue de parachutiste, vous aviez l'air fatigué, un peu perdue de cette chose incroyable qui venait de vous arriver, heureuse tout de même de revenir dans les lignes françaises. Vous étiez très émue, je crois, de passer en revue ce peloton de légionnaires du 1er régiment étranger de cavalerie stationné à Luang Prabang, qui vous rendait les honneurs à votre descente d'avion. C'était très émouvant, chacun ne voyait que vous et était fier d'honorer de sa présence l'arrivée de la petite Française. »

Le médecin-colonel Alléhaut, de l'armée de l'Air, vient vers le professeur Huard et moi, et je me dirige vers l'antenne [2], tandis qu'une jeune femme, sans doute une assistante sociale, m'offre à boire. Sous la tente de l'antenne, je retrouve des blessés de Dien Bien Phu. Ils attendent leur embarquement sur les Dakota qui les emmèneront vers Hanoï. Les avions arrivent avec deux de mes camarades convoyeuses :

---

1. Voir page 107.
2. Cette antenne était dirigée par le médecin-lieutenant Arrighi.

Elisabeth Gras et Chantal de Cotton. Les retrouvailles ont lieu dans la joie. Après cette première et rapide escale, je repars pour Hanoï avec le Dakota de Chantal, rempli de blessés.

Je suis loin de me douter des inquiétudes de l'équipage ; celui-ci a dû, avant de se poser à Luang Prabang, effectuer une mission de reconnaissance dans l'espoir de repérer les rescapés du camp retranché. N'ayant pu compléter les pleins, le mécanicien surveille régulièrement la jauge du carburant. Par sécurité, le chef de bord demande l'autorisation de se poser à Bach Maï, l'un des deux aéroports de Hanoï, plus proche que Gia Lam, ce qui entraîne la venue des autorités, des photographes et des journalistes pour m'accueillir. En fin de bande, l'avion dégage à gauche, et soudain c'est la panne d'essence sur le taxiway ! Il faudra un tracteur pour nous ramener jusqu'au parking, où nous attend une vraie foule.

Il fait nuit et, lorsque la porte s'ouvre, devant les éclairs et les crépitements des flashs, je ne peux retenir un mouvement de recul...

Au pied de l'avion se tiennent le général Cogny, commandant les forces terrestres du Nord-Vietnam, le général Dechaux, commandant l'armée de l'Air au Tonkin, et un troisième officier, le capitaine Jean de Heaulme, provisoirement détaché du GCMA[1] pour participer aux tractations en vue de l'échange des prisonniers. Deux ans plus tard, ce jeune capitaine avec qui j'avais une parenté lointaine deviendra mon mari mais cette pensée ne nous effleure alors ni l'un ni l'autre...

L'accueil du général Cogny est très chaleureux. Pour pouvoir me protéger des journalistes, qui assiè-

1. Groupement des commandos mixtes aéroportés.

gent la maison des convoyeuses, le général Dechaux me reçoit chez lui, à l'hôtel du commandement de l'Air. Depuis des années, ce polytechnicien au grand cœur, un vrai seigneur, homme d'allure et de conviction, s'est révélé un soutien très fidèle pour les convoyeuses, étant toujours présent lorsque l'une ou l'autre d'entre nous avait besoin de lui [1].

Au cours des quelques jours passés à l'hôtel, le général Dechaux se comporte vraiment comme un père à mon égard. Le soir de mon arrivée, il invite à dîner toutes les convoyeuses du détachement nord, moment très sympathique. Mais nous avons tous à l'esprit ceux qui sont encore à Dien Bien Phu : le docteur Grauwin, le personnel sanitaire et les blessés non libérés, qui vont devoir rejoindre les camps, quel que soit leur état de santé. Le général Dechaux a la délicate attention d'inviter également à dormir chez lui ma camarade de promotion Alberte Othnin-Girard, pour que je ne me retrouve pas seule : nous avons tant de choses à échanger...

Le lendemain, le général m'accompagne à une conférence de presse organisée par le capitaine Gérard de Lassus, chef du service « presse-information » du général Cogny, pour répondre à la demande pressante des journalistes de toutes nationalités et à l'attente des familles. Il m'a été recommandé de ne pas aborder les conditions de détention, en raison des libérations en cours. J'ai revu les photos de cette conférence de presse : elles reflètent bien l'immense

1. Lorsque Paulette Honhon a été blessée d'une balle au poumon à l'intérieur d'un Dakota pris dans un tir de DCA vietminh, le général Dechaux lui a manifesté beaucoup d'amitié, partageant avec elle un colis récemment reçu de produits d'Auvergne succulents et introuvables, petits gestes d'un grand cœur.

tristesse qui m'étreint lorsque je parle des blessés et la peur que j'ai de dire quelque chose qui pourrait être mal interprété ou déformé et nuirait à mes camarades prisonniers.

Une question revient souvent : « Avez-vous eu peur à Dien Bien Phu ? Avez-vous eu peur de mourir ? »

Je ne crois pas avoir eu peur pendant la période des combats, même au moment des bombardements les plus violents et ininterrompus. En revanche, j'ai eu peur, la nuit du 7 mai, lorsque je me suis retrouvée, pendant un temps qui m'a paru éternel, seule en face du commissaire politique vietminh et du commandant du camp. J'ai également eu un frisson, lorsque des cadres vietminh ont voulu que j'aille vivre au milieu des jeunes filles vietnamiennes, car ils ne trouvaient pas correct qu'une femme vive au milieu des hommes.

En ce qui concerne la peur de la mort, je n'y pensais pas : j'avais le sentiment très fort que tous les risques devaient être pris et assumés pour évacuer, soigner et sauver les blessés. Ma foi m'a certainement aidée, même si elle était moins réfléchie, moins profonde qu'aujourd'hui. Catholique et croyant à la vie éternelle, pour moi la mort n'est pas une fin en soi, mais une entrée dans la vraie vie.

La conférence de presse, organisée pour éviter les assauts des journalistes, n'empêche pas Lucien Bodard, correspondant de guerre de *France-Soir,* de me poursuivre, et comme je refuse de lui donner une interview, il titre le lendemain : « L'ombre du Vietminh plane sur Geneviève de Galard ». À ce moment-là, je suis encore traumatisée d'avoir dû écrire à Ho Chi Minh et cela me fait mal...

Ensuite, il est prévu que je rentre très vite en France. Mais pour moi, il n'est pas question de quitter Hanoï sans me rendre à l'hôpital Lanessan pour voir mes blessés ! Je téléphone donc au colonel Nicot, qui dirige l'aviation de transport, et celui-ci accepte de retarder mon départ de quarante-huit heures. Pendant les visites, je suis accompagnée du capitaine de Heaulme, qui, dans le cadre des tractations en cours, interroge les blessés sur les conditions de leur détention et de leur libération.

À Saïgon, nouvel accueil, très chaleureux, du général Lauzun, général en chef de l'armée de l'Air en Indochine, et de Mme Lauzun, ainsi que de mon cousin le colonel de Vulpillières[1] et du colonel Nicot – celui qui a accepté de changer tout son planning pour me permettre de revoir mes blessés à Hanoï. Je me rends à l'hôpital Grall pour y retrouver des blessés hospitalisés, notamment Simon Marie, le jeune aveugle de dix-neuf ans. Celui-ci reconnaît immédiatement ma voix. Voulant me remercier de ce que j'ai pu faire pour lui à Dien Bien Phu, il saisit son harmonica et me dit : « Écoutez, Geneviève, c'est pour vous que j'ai composé cet air. »

Je souhaite aller également au centre de repos de Dalat pour revoir en particulier le lieutenant Rondeau, ce blessé à l'abdomen qui par deux fois a failli mourir à Dien Bien Phu et a été libéré parmi les derniers. Ce n'est malheureusement pas possible, et lorsque j'apprends, peu de temps après, son décès à la suite de complications, j'en éprouve beaucoup de tristesse. J'imagine notamment le drame que vit sa mère, veuve, face à la mort de son fils unique au moment où elle croyait son retour tout proche.

---

1. Le colonel de Vulpillières me remet la Légion d'honneur de mon oncle, le colonel de Franclieu, grand invalide de guerre, qui souhaitait qu'elle me parvienne à Dien Bien Phu.

Le jour du départ pour Paris, les journalistes m'assaillent encore une fois. Dans la foule, je reconnais le commandant Edouard Bonhour, mari d'une amie de ma sœur, que je connais bien. Je me précipite vers lui et le supplie de ne pas me quitter. Un journaliste écrit que l'armée a mis à mes côtés un garde du corps pour que je ne parle pas ! Sa présence m'aide beaucoup car je ne suis guère en forme. Après un anthrax à sept têtes, à Dien Bien Phu, au départ du camp retranché, mes jambes étaient enflées par le béribéri. Ce mauvais état général permet à un furoncle de naître sur l'un de mes bras. Pendant le vol, l'effet de l'altitude et des changements de pression atmosphérique donne au staphylocoque l'occasion de se répandre dans tout le bras, qui enfle d'heure en heure. Il est complètement comprimé par la manche de mon uniforme lorsque l'avion, après plusieurs escales, se pose à Paris-Orly en ce 1er juin 1954.

Ma mère est présente à l'aéroport, très émue, et je le suis aussi.

Mon oncle Raymond de Galard, notre tuteur depuis la mort de mon père, l'accompagne. Guite de Guyencourt, notre chef convoyeuse, est également là, ainsi que Marie-Rose Calmettes, l'amie d'enfance qui m'a fait découvrir le corps des convoyeuses. Des dizaines de photographes assistent à la scène, mais je ne les vois pas. Je suis brusquement confrontée à une popularité que je n'ai ni voulue ni cherchée. Tout cela me semble un peu irréel...

L'annonce par un journaliste de la libération du docteur Grauwin et du personnel des antennes m'occasionne une grande joie. J'ai si souvent pensé à eux, dont je n'avais pas de nouvelles et qui étaient peut-être dans un de ces terribles camps où tant de combattants devaient mourir.

Mon oncle nous emmène à Versailles chez sa fille, et je m'y trouve confrontée aux photographes et journalistes, qui veulent à tout prix une interview. Devant mon refus, ils se vengent à leur façon, prétendant dans un journal du lendemain que, devant les femmes de prisonniers qui se pressaient à ma porte, j'ai dit : « Pitié, je suis fatiguée... » C'était de l'insistance même des journalistes que je cherchais à me protéger !

Pour leur échapper, nous sommes obligés de jouer de quelques subterfuges. Nous faisant sortir par la porte du jardin de la villa, mon oncle nous conduit dans la propriété de sa femme, où je passe huit jours à l'abri des journalistes. Grâce aux antibiotiques et aux enveloppements que me font ma mère et ma tante, tout risque de septicémie est bientôt évité. Heureusement, car je dois maintenant faire face au milieu d'un carrousel d'obligations officielles : au ministère des Anciens Combattants, au ministère de l'Air, à la prise d'armes où le ministre de l'Air, M. Christiaens, me remet la médaille de l'aéronautique... Pour cette occasion, je suis heureusement entourée de mes camarades, et leur présence affectueuse m'aide beaucoup. Quelques jours après ma libération, Mme Christiaens doit rendre visite aux blessés de l'hôpital Percy, et je suis conviée à l'accompagner, ainsi que Guite de Guyencourt, notre chef convoyeuse. Quelle joie d'y retrouver notamment le capitaine Cabiro, dit le Cab, grande figure des parachutistes !

Cette semaine-là, je reçois une lettre signée par le capitaine Hélie de Saint Marc – que je ne connais pas à l'époque – et par cinq autres jeunes officiers du 11e BPC. Postée de Perpignan le 3 juin 1954, cette lettre est ainsi rédigée :

« Des officiers du 11e Bataillon parachutiste de choc

à Mademoiselle Geneviève de Galard

Vous ne saurez jamais combien nous avons été près de vous et de nos camarades pendant les terribles journées que vous avez passées à Dien Bien Phu. Vous avez représenté pour nous le dévouement et l'abnégation jusqu'à l'extrême limite. Nous vous demandons de nous laisser sur cette impression. Vous ne pouvez plus vous permettre d'être une femme comme les autres. Laissez de côté toute propagande et publicité. Nos camarades n'ont besoin ni d'articles ni de films. L'Histoire les jugera, vous étiez avec eux, c'est suffisant. »

Je reçois cette lettre comme un hommage. Le conseil fraternel était cependant inutile : il n'était pas dans mon caractère de tirer parti des souffrances de mes camarades pour rechercher la gloire et les honneurs. S'il m'est arrivé par la suite de rappeler mon passé, cela a toujours été pour venir en aide à ceux qui me sollicitaient.

À Dien Bien Phu, le colonel Langlais m'avait déjà fait part de l'offre d'une grande agence de presse américaine, qui me proposait un pont d'or pour l'exclusivité de mes souvenirs[1]. De retour à Paris, je suis à nouveau sollicitée par des Américains, qui me demandent cette fois mon accord pour tourner un film : mon rôle devait être joué par Leslie Caron. Mais je réponds par la négative.

L'une des premières tâches à laquelle je m'attelle en France est de répondre au courrier que m'adressent les familles de ceux qui sont restés en Indochine. Chaque jour, les lettres affluent à Coëtquidan, où ma

1. Voir page 115.

sœur, Marie-Suzanne, m'a maintenant recueillie. Pour que je puisse faire face à tout ce courrier, notre chef convoyeuse m'accorde, du 15 juin au 15 juillet, un mois de congé. C'est loin d'être un repos : je consacre aux réponses de douze à quatorze heures par jour et n'ai pas une minute à moi. Les familles des prisonniers, folles d'angoisse, attendent tellement de moi, espérant que je me souviendrai de leur fils, de leur mari, de leur frère... C'est le cas pour un certain nombre d'entre eux. Mais souvent, il y a un monde entre les visages bien rasés et bien coiffés que je découvre sur les photos et ceux des blessés que j'ai accueillis couverts de boue pour les déconnecter, ou que j'ai soignés et suivis lorsqu'ils ont eu la chance d'être opérés à temps et de rester à l'antenne.

Triomphe à Broadway

26 juillet 1954. Deux mois après mon retour de Dien Bien Phu, je bascule tout à coup dans un autre monde.

Assise sur le dossier d'une superbe Cadillac noire qui remonte Broadway au pas de l'homme, un bouquet serré dans le bras gauche, en uniforme blanc et béret de convoyeuse, je salue de la main droite la foule des New-Yorkais qui m'acclament. Des orchestres encadrent notre voiture. Une pluie de confettis et de ballons multicolores se déverse des fenêtres des buildings environnants. Les trottoirs sont bondés de monde ; des employés de bureau se penchent aux fenêtres en agitant les bras dans notre direction ; de tous côtés fusent les applaudissements et les sifflements enthousiastes.

Quelques exclamations me parviennent comme dans un rêve : « Vive la France », « Bravo ! », ou encore « Vive Geneviève ! » La chaleur de l'accueil des New-Yorkais me laisse sans voix. Imperturbablement, majestueusement, la longue automobile, qui arbore à l'avant la bannière étoilée et le drapeau tricolore, poursuit son défilé au fond des canyons de béton froid de Manhattan. À cet instant précis, il se produit en moi une sorte de dédoublement. Je deviens spectatrice de cet événement incroyable : la population du Nouveau Monde offre à la petite infirmière française de Dien Bien Phu la cérémonie traditionnelle réservée à ceux qu'elle entend accueillir comme des héros ! Je suis en train de vivre l'hommage de la rue, ce que les New-Yorkais appellent le *ticker tape welcome,* « l'accueil des confettis[1] ».

À mes côtés, sur la banquette de la voiture, gantée de blanc et coiffée d'un petit chapeau de paille sombre à aigrette, est assise, radieuse, une personne énergique et décidée que je n'ai rencontrée que ce matin à l'aéroport, mais qui est à l'origine de ma présence sur le sol américain : Mme Frances Bolton, membre républicain de la Chambre des représentants. C'est elle qui a présenté le 25 juin devant le Congrès américain la résolution ainsi libellée : « Le Congrès adresse à Mlle de Galard Terraube ses plus vives félicitations pour sa conduite à Dien Bien Phu et l'invite, au nom du gouvernement américain, à se rendre aux États-Unis » pour le centenaire de l'action de Florence Nightingale auprès des blessés de la guerre de Crimée[2].

Depuis la visite du marquis de Lafayette, en 1821, c'est, d'après les journaux américains, la première fois qu'un citoyen étranger est ainsi invité par un acte du Congrès à venir aux États-Unis en visite officielle[3]. À l'époque, les États-Unis avaient même

1. Les journaux américains de l'époque parlent de « l'accueil des confettis le plus bruyant » depuis celui qui fut réservé en 1926 à la nageuse Gertrude Ederle, qui avait traversé la Manche à la nage. On se souvient aussi de l'accueil triomphal réservé aux premiers astronautes à la fin des années 1960.

2. L'infirmière britannique Florence Nightingale (1820-1910) avait organisé des hôpitaux militaires de campagne pendant l'expédition de Crimée (1854-1855), la guerre de Sécession et la guerre franco-allemande. Elle organisa aussi la formation du personnel hospitalier.

3. Il semble tout de même qu'une autre invitation de ce type

envoyé un navire chercher le héros français de la révolution américaine. En tout cas, jamais un tel honneur n'a été réservé à une femme, ni avant ni après 1821.

Pour dire la vérité, cette invitation si précipitée et spectaculaire m'a tout d'abord décontenancée. Lorsque, dans le courant de juin à Paris, le ministère de l'Air me transmet la demande officielle du Congrès à venir pour trois semaines aux États-Unis, ma première réaction est de refuser. Elle est pourtant accompagnée d'une lettre flatteuse signée du président Eisenhower, qui semble considérer mon acquiescement comme certain :

« Chère Mademoiselle de Galard Terraube,

J'ai grand plaisir à vous transmettre une résolution du Congrès des États-Unis vous invitant, à la première date vous convenant à vous-même et à votre pays, à venir en visite aux États-Unis comme hôte d'honneur.

Le peuple des États-Unis a suivi avec sympathie et une profonde admiration la résistance courageuse et déterminée des forces de l'Union française contre l'agression communiste. Je souhaite figurer parmi tous ceux qui ont considéré l'exemple donné par votre courage, votre dévouement au devoir, et votre souci des malades et des blessés, comme édifiant et en accord avec les meilleures traditions d'humanité »

Dwight D. EISENHOWER.

Que dois-je répondre ?... Recevoir ces honneurs me gêne vraiment, alors que je n'ai fait que mon devoir

---

ait été faite, en 1851, au patriote hongrois Louis Kossuth, qui joua un rôle important lors de la révolution de 1848.

et que nombre de mes camarades croupissent en ce moment dans des camps immondes, soumis aux pressions d'une guerre psychologique. Il faut l'intervention de Louis de Guiringaud, consul de France à San Francisco et mon lointain cousin[1], pour que je change d'idée. « Geneviève, il faut que vous y alliez », insiste-t-il à l'occasion d'un passage en France. Un peu par obéissance, un peu par devoir, je me décide à accepter ce que je considère comme une mission pour la cause de la France. Les Américains souhaitent que j'arrive aux États-Unis le 12 juillet, afin que je sois présente lors des fêtes qu'ils organisent pour la célébration du 14 juillet. Mais cela m'est totalement impossible.

Non, il n'est pas question que je participe à des fêtes grandioses dans les circonstances actuelles. Je fais connaître mon souhait que ce voyage garde le caractère de simplicité et de dignité qui s'impose. Je ne veux pas non plus partir trois semaines pour les États-Unis avant d'avoir accompli un autre devoir, encore plus important à mes yeux : celui de répondre à toutes les familles qui m'écrivent pour recueillir quelques indices sur leurs blessés, toujours prisonniers, ou leurs disparus.

Mon départ pour les États-Unis enfin programmé pour le 25 juillet, surgit une question que toute jeune fille se serait posée à ma place : comment me rendre en visite officielle outre-Atlantique avec ce que j'ai dans ma garde-robe ? Pour la journée, c'est simple, je porterai une tenue de convoyeuse « améliorée » : un tailleur de toile blanc, remplaçant la saharienne

---

1. Louis de Guiringaud a notamment été par la suite ministre des Affaires étrangères de Raymond Barre, de 1976 à 1978.

habituelle, et le béret bleu marine qui m'a suivie partout.

Mais que faire pour les nombreuses réceptions qui m'attendent le soir ?...

Le colonel de Bordas [1], qui me sent bien seule, vient providentiellement à mon aide. Grâce à l'un de ses camarades, un ancien de l'armée de l'Air qui travaille alors chez Jacques Fath, je suis mise en contact avec ce grand couturier. Celui-ci accepte de me confectionner un ensemble de cocktail et une robe du soir, et chose à peine imaginable aujourd'hui, il ne demande pas que je concoure à sa publicité en faisant savoir qu'il est le créateur de ces toilettes. Il souhaite seulement rendre, par son talent, un bel hommage à l'armée française. Son nom ne sera jamais cité dans la presse américaine. J'ai d'ailleurs imposé cette condition à celui qui nous a servi d'intermédiaire.

Jacques Fath choisit avec moi les tissus, les coupes, les modèles. Il y met tout son cœur, prenant le temps d'assister aux essayages dans sa maison de couture. L'ensemble de cocktail est réalisé en shantoung champagne ; la robe du soir est en organza gris à pois blancs, très ample, très décolletée, avec un revers en organdi blanc et une large ceinture avec deux pans de satin bleu ciel.

Dans le Constellation d'Air France qui m'emmène vers les États-Unis, j'ai tout le loisir de tourner et retourner dans ma tête les raisons qui ont pu inciter le Congrès à m'adresser cette invitation prestigieuse, qui continue à me surprendre.

La raison officielle est évidemment de rendre aux combattants de Dien Bien Phu l'hommage du peuple

---

1. Aujourd'hui général (2S).

américain, et je suis bien décidée à manifester, tout au long de ce voyage, qu'à travers moi, cet hommage ne peut s'adresser qu'aux combattants, ainsi qu'aux convoyeuses et aux infirmières qui se sont dévouées pour les soigner, dans les avions et les hôpitaux.

Certains membres du Congrès, parmi lesquels Mme Bolton, regrettent certainement que l'aide américaine n'ait pas été plus considérable pour venir au secours de la garnison assiégée de Dien Bien Phu. Me faire venir aux États-Unis est-il alors aussi une façon de se donner bonne conscience ? Il y a quelques mois, les États-Unis étaient prêts à accroître leur aide, mais ils voulaient que la Grande-Bretagne s'engage à leurs côtés. Devant le refus de Londres, Washington s'était abstenu. Pendant le siège de Dien Bien Phu, je ne pouvais pas me faire ce genre de réflexion politique, car, là-bas, je n'étais bien sûr pas au courant de ce qui pouvait se tramer. J'entendais dire que l'on se demandait s'il fallait bombarder les arrières, si les Américains le décideraient, certains parlaient même de bombe atomique, mais je pensais que c'était du roman...

Le Congrès souhaite-t-il également, par l'intermédiaire de cette invitation, sensibiliser le peuple américain aux enjeux de la péninsule indochinoise, où les États-Unis choisiront par la suite d'intervenir ? Mais la conférence de Genève n'a pris fin que le 21 juillet, et cette interprétation reste sans doute un peu prématurée.

Une fois sur le territoire américain, je vais apprendre par la presse que d'autres motivations, plus politiques, sont entrées en ligne de compte. Une journaliste du *Washington Post* explique que mon voyage aura le mérite de sensibiliser la population américaine aux besoins du pays en infirmières. Mme Bolton confirmera cette interprétation lors d'une émission de télévision. De plus, face aux jeunes générations, je suis censée incarner la valeur du service et le sens du devoir. Toute la presse américaine va d'ailleurs bientôt me comparer à Florence Nightingale marchant entre les blessés et les morts de la guerre de Crimée. Nation étonnante, qui éprouve toujours le besoin, au plus fort d'un matérialisme triomphant, d'en appeler aux grandes références morales.

L'arrivée à New York, le lundi 26 juillet peu avant 9 heures du matin, est pour moi très impressionnante. Le maire de la ville, the Honorable Robert F. Wagner, s'est déplacé pour m'accueillir. Deux cents personnes m'attendent devant le hangar n° 7 de l'aéroport d'Idlewild et se mettent à applaudir lorsque je m'engage, très émue, sur la passerelle de l'avion. Je vais devoir prononcer un petit discours, en réponse aux allocutions officielles de bienvenue. Mme Bolton, qui parle bien français, m'a présentée à la presse comme un « symbole de la féminité du monde libre et des hauts faits d'héroïsme de la profession d'infirmière ». Elle m'a même désignée comme un symbole du courage des femmes dans la lutte du monde libre contre le communisme. Pour ajouter encore à mon angoisse, Roger Seydoux, ministre plénipotentiaire à l'ambassade de France, est monté à bord, avant même ma descente d'avion, afin de m'informer d'un événement récent sur lequel les journalistes sont susceptibles de m'interroger. On va me poser des questions sur la politique internationale, des choses qui me dépassent complètement... Or, je ne veux pas faillir à mon rôle ni surtout rien dire qui, mal interprété, pourrait nuire à mes camarades encore prisonniers. Cette pensée ne me quitte pas.

« Je ne mérite pas cet honneur, car je n'ai fait que mon devoir... » Appris par cœur avant de quitter Paris, les mots anglais de ma réponse m'aident à vaincre le trac qui me noue la gorge et je parviens à poursuivre en étreignant dans mes bras le bouquet de roses rouges et d'œillets blancs que l'on m'a offert à ma descente d'avion : « Cet honneur s'adresse, à travers moi, à tous ceux dont j'ai été fière de partager la vie à Dien Bien Phu et à toutes les infirmières qui se consacrent à alléger les souffrances des blessés. Mes pensées, en ce moment, vont à tous ceux qui sont encore là-bas et qui méritent beaucoup plus que moi l'honneur que vous me faites. Je pense aussi à toutes leurs familles. »

Mon discours terminé, un journaliste me pose une première question sur ce que je pense de la trêve en Indochine ; Mme Bolton l'interrompt brutalement : « Pas de politique s'il vous plaît ! » Devant l'insistance du journaliste, je tente quand même une réponse prudente : « La paix devait intervenir pour stopper l'hémorragie humaine, ajoutant rapidement, je n'ai pas lu la presse ces derniers jours. » Un journal américain conclura que je n'hésite pas à parler de sujets politiques... malgré les efforts de mes hôtes pour me protéger.

Je dois ensuite expliquer à un autre journaliste que mon grade de lieutenant est purement honorifique et que je ne souhaite pas que l'on m'appelle lieutenant !

Interrogée enfin sur les deux lettres que j'ai écrites à Ho Chi Minh, je donne une réponse prudente et préparée, sachant que la presse internationale a déjà présenté des versions influencées par la propagande du Vietminh. Dans mon esprit en tout cas, la lettre que j'ai dû écrire à l'occasion de l'anniversaire de Ho Chi Minh était celle d'une infirmière seulement préoccupée d'aider les blessés dont l'évacuation devenait chaque jour plus urgente.

Je rappelle aussi le second courrier pour le remercier de ma libération – geste de courtoisie qui m'avait paru s'imposer – et lui demander de libérer les médecins français et les infirmiers restés avec moi à Dien Bien Phu pour soigner les blessés.

Mon premier examen de passage devant la presse américaine ne s'est pas trop mal déroulé. Les journalistes commencent à m'appeler systématiquement l'Ange de Dien Bien Phu, alors que jamais dans le camp retranché il n'est venu à personne l'idée de m'affubler de ce surnom éthéré... Les journalistes se moquent gentiment de mon accent, disant que j'utilise les « z's » pour les « th's ». Ils parlent avec attendrissement de mon sourire timide, de mes fossettes, de mes joues roses et potelées et des taches de rousseur de mon front. Je deviens pour eux la « petite brunette », ou encore « sweet Geneviève », ou tout simplement « Jennie ». Le *New York Times* affirme que je n'ai pas du tout l'air d'avoir participé à un siège de cinquante-sept jours, mais que je ressemble plutôt à « la cousine de France » que tout Américain est fier de pouvoir revendiquer.

Après cette première conférence de presse, la superbe Cadillac m'enlève à nouveau dans un ballet d'automobiles et de motocyclettes pétaradantes, pour me conduire à la parade triomphale sur Broadway, qui rassemble 250 000 New-Yorkais, et à la cérémonie à l'hôtel de ville. Là encore, je suis saisie par la chaleur des paroles de Robert Wagner : « Votre héroïsme, votre bravoure et votre noblesse ont conquis l'imagination et les cœurs de tout notre peuple, vous avez donné un grand exemple d'amour et de dévouement. Vous n'êtes pas seulement l'héroïne de Dien Bien Phu, mais celle de tout le monde libre.

Cette ville, New York, la capitale du monde, est maintenant votre ville car vous être vraiment une Lady of the World. » Je réponds d'une toute petite voix émue et à peine audible devant les deux mille personnes réunies dans le parc du City Hall. Après l'hymne national et la réception, on m'emmène à l'hôtel Plaza par Lafayette Street, Park Avenue et la Cinquième Avenue, que le cortège de voitures suit de la 34e à la 59e rue : la parade a en effet été étendue à la Cinquième Avenue pour permettre à un plus grand nombre de New-Yorkais de me saluer.

Avant le dîner chez le consul de France, Jean de Lagarde, un cocktail, offert par Mme Bolton, m'attend encore en milieu d'après-midi au Plaza, au cours de laquelle je reçois des décorations de plusieurs associations d'infirmières, dont la médaille de Florence Nightingale, ainsi que de l'université de Columbia. De tous côtés, on me cherche pour me demander un mot, une signature, une dédicace sur une photo... Les organisateurs ont eu la délicate attention de convier à cette réception un jeune vétéran français de vingt-sept ans, Raymond Wegschneider, blessé en 1951 pendant la guerre de Corée. Paralysé de la taille aux pieds, il suit une rééducation à New York. Tout au long de ce périple aux États-Unis, au cours des festivités qui m'attendent, pendant toutes les visites des hôpitaux ou des écoles d'infirmières que je vais effectuer, je dois avouer que je serai irrésistiblement attirée par ces blessés de la vie, par ces amputés ou ces aveugles dont je croise le chemin pour quelques instants. Ils me rappellent trop, dans leur regard, dans chaque détail de leurs membres et de leur chair, tous « mes blessés » de Dien Bien Phu...

À Washington, où je me rends le mardi 27 juillet, pour trois jours, dans un C47 de l'US Air Force (le département d'État se charge de mon transport et de toutes mes dépenses), un nouvel accueil officiel m'est réservé à l'aéroport, où l'on me remet, en hommage symbolique, les clés de la ville. Cent personnes bravent une chaleur torride. L'orchestre de l'US Air Force joue *La Marseillaise* et l'hymne américain. Sont notamment présents M. Henry Bonnet, l'ambassadeur de France, et son épouse, l'ambassadeur de Norvège, doyen du corps diplomatique, deux membres du Comité des affaires étrangères de la Chambre des représentants et des officiels du département d'État. Deux moments particulièrement émouvants m'attendent dans la capitale fédérale.

Tandis que je pénètre dans l'enceinte du Congrès, par le couloir des visiteurs, tous les élus se lèvent pour me saluer en applaudissant. C'est totalement imprévu, et même interdit par le règlement ! À vrai dire, je suis en route pour déjeuner avec des membres de la Chambre des représentants dans la *Speakers dining room* et me suis arrêtée au passage pour visiter la *House Gallery*. Par une étrange coïncidence, il se tient à cette heure même un débat sur une proposition pour réduire l'aide militaire en Indochine. Ayant remarqué mon entrée inopinée, un représentant du Minnesota, le républicain Walter Judd, cherche à attirer l'attention de ses confrères sur moi. Mais le président de séance frappe de son marteau pour rappeler qu'il est interdit de signaler aux représentants la présence de visiteurs. Walter Judd rétorque en disant qu'il veut seulement « souhaiter la bienvenue dans ce pays à l'Ange de Dien Bien Phu, où qu'elle se trouve ». Ce subterfuge déclenche l'hilarité et les applaudissements des élus présents, qui, du coup, se tournent comme un seul homme dans ma direction...

L'autre moment d'émotion a pour théâtre la terrasse de la Maison Blanche. Le président Eisenhower m'y décore de la médaille de la Liberté, la plus haute distinction américaine[1], en présence de Mamy, très populaire aux États-Unis, de Mme Bolton, et de M. Henry Bonnet, qui me reçoit chaleureusement à la résidence de France. Le président me présente comme « la femme de l'année ». Mamy a beau tenir auprès de moi le rôle d'une grand-mère attentive, le fameux Ike a beau faire tout son possible pour se montrer souriant et me mettre à l'aise, je suis tout de même très intimidée !

Le cimetière d'Arlington, et tout particulièrement le *Nurses Memorial,* c'est-à-dire au monument à la mémoire des infirmières, me fait une très forte impression. C'est la première fois que je visite un cimetière militaire et je trouve qu'il se dégage de ce lieu une sobriété et une beauté exceptionnelles. Comment ne pas penser alors à tous les morts de Dien Bien Phu qui, les derniers jours, n'ont pas pu recevoir la sépulture qu'ils méritaient ?

Depuis mon arrivée aux États-Unis, je suis escortée par trois infirmières américaines, l'une de la Marine[2], l'autre de l'armée de l'Air, la troisième de l'armée de Terre. Avec elles, je me rends à l'hôpital militaire Walter Reed, où je rencontre notamment des paraplégiques. Le soir, à l'ambassade, je suis présentée au vice-président et à Mme Richard Nixon.

Tout au long de ce voyage, la secrétaire particulière de Louis de Guiringaud, Michèle Cousturier, me

---

1. La médaille de la Liberté ne peut être remise que par le président des États-Unis, le secrétaire d'État (ministre des Affaires étrangères), les ministres de la Défense, de la Marine, de l'Air ou de l'armée de Terre. Elle l'est pour d'éminents services rendus à la paix et à la sécurité des États-Unis hors des frontières de ce pays.

2. J'ai entretenu une correspondance avec elle jusqu'à sa mort, il y a quatre ans.

suit pas à pas. Mon cousin a généreusement accepté de se priver d'elle trois semaines afin que je ne me sente jamais seule, que j'aie à tout instant une présence française, que je puisse lui demande le mot d'américain qui me manque... Cette aide se révèle bien agréable car je découvre vite qu'un voyage officiel est un marathon épuisant. Je dois sans cesse signer une dédicace, prononcer quelques remerciements, assister à une nouvelle réception... Partout où je passe, on me traite comme une princesse, je suis logée dans les meilleurs hôtels, ma chambre est toujours garnie de fleurs et de boissons, on me propose les services d'un coiffeur. Quel contraste avec les semaines que je viens de vivre ! Toutes ces réceptions, tout ce luxe pourraient paraître presque indécents. Mais je n'ai rien demandé et il n'est pas question de culpabiliser, d'ailleurs ce n'est pas dans mon caractère. Je vis même ces moments dans une certaine gaieté.

J'écris à ma mère, commentant mes impressions : « L'accueil des Américains est touchant. J'imaginais mal en France comment ils avaient vécu la bataille de Dien Bien Phu. Je recueille des tas de témoignages très émouvants. Chacun cherche à me faire plaisir. Très gentiment, on me demande s'il y a des endroits où je voudrais aller, ce que je souhaiterais ajouter au programme. » C'est ainsi que je demande à aller visiter l'école des *Flight Nurses,* où l'une d'entre nous, Michaëla de Clermont-Tonnerre a passé un mois de formation. Que je peux aller embrasser ma tante Caroline de Galard, petite sœur des pauvres et cousine germaine de mon père. C'est également ainsi que je peux rendre visite à Mme Langlais, la mère du colonel Langlais, et qui est toujours au nombre des prisonniers. Mme Langlais est justement aux États-Unis, venue voir sa fille qui a épousé un Américain ;

elle est inquiète et avide de nouvelles et je suis heureuse du pouvoir parler de son fils avec elle[1].

De Washington, le voyage se poursuit le 30 juillet vers Cleveland, où je bénéficie encore d'une escorte avec gardes à cheval et d'un cortège officiel. Là aussi, on me remet avec solennité une clé de la ville. Cette halte de trois jours dans l'État que Mme Bolton représente au Congrès me permet de mieux découvrir cette forte personnalité.

À Cleveland, je suis accueillie par son fils et sa belle-fille, qui me reçoivent pour le week-end chez eux, dans une ambiance familiale que j'apprécie vraiment après ces journées officielles et toutes ces conférences de presse où je crains toujours de ne pas être à la hauteur. Mais mes hôtes tiennent tout même à organiser en mon honneur une brillante réception de trois mille personnes réunissant toutes les notabilités de la ville dans leur splendide maison blanche, entourée d'un immense parc aux arbres centenaires. Quelques enfants m'apportent des bouquets de fleurs : ils sont tout intimidés, comme je l'étais moi-même lorsqu'à sept ans, je devais venir dire bonjour aux invités de ma mère. À la fin du dîner, servi à de petites tables installées dans le jardin, le clou de la soirée est un gigantesque gâteau en forme d'Arc de triomphe !

Le 1er août, à la fin d'une représentation théâtrale donnée en plein air se produit un mini coup de théâtre qui résume bien l'atmosphère de ce voyage : l'héroïne de la pièce me remet la gerbe de roses qu'on

---

1. En m'écrivant de Saïgon le 19 septembre, peu de temps après sa libération, le colonel Langlais me remerciera pour « l'immense joie et l'émotion profonde » causées à sa mère et à sa sœur par ma visite, qu'il venait d'apprendre par des lettres reçues d'elles à Hanoï.

vient de lui offrir. Tous les spectateurs se lèvent alors pour une ovation enthousiaste qui dure plus de cinq minutes.

La tournée se prolonge du 3 au 6 août à Chicago, par une visite consacrée aux importantes réalisations médicales de la ville : notamment à l'hôpital des anciens combattants, où je rencontre des représentants des milieux médicaux et hospitaliers. On me remet un parchemin avec la signature de 160 des 176 patients de l'hôpital, tous des vétérans des guerres menées depuis 1899.

Après la ville de Denver, je passe un deuxième week-end de détente au lac Tahoe, dans un cadre magnifique au milieu de forêts de *redwoods,* ces séquoias géants. On me propose de faire du ski nautique sur les eaux glaciales du lac, situé à deux mille mètres d'altitude. Je n'en ai jamais fait et suis ravie de tenter l'expérience. Après deux essais infructueux, ne voulant pas baisser les bras malgré le froid, je fais une troisième tentative et, cette fois, je démarre pour un grand tour vraiment grisant.

L'étape suivante me conduit à San Francisco. La visite de cette ville magnifique, bâtie sur des collines escarpées que des funiculaires relient aux bas quartiers du port, me fait découvrir le fameux Golden Gate. Après la visite de l'hôpital, un déjeuner au siège de la Croix-Rouge et un cocktail offert par la communauté française, mon cousin Louis de Guiringaud, consul de France dans cette ville, me reçoit chez lui avec quelques amis.

À Dallas, pendant un rapide arrêt à l'aéroport, une petite cérémonie est organisée, au cours de laquelle je reçois un diplôme attestant que je suis « qualifiée pour porter les bottes à éperons et le Stetson ». On m'offre alors un magnifique *King size Texas som-*

brero, qui ravit les photographes, toujours à l'affût d'un bon cliché !

La Nouvelle-Orléans me saisit par son charme, ses jolies maisons en bois de style colonial français et ses caves où je peux écouter une musique noire qui m'enchante. Là aussi, je reçois une clé de la ville, minuscule, un vrai bijou, et l'on me fait « citoyenne d'honneur » de cette ville, ancienne capitale française de la Louisiane, où le souvenir de notre pays est demeuré très vivant.

Lors du retour vers New York, un détour est prévu pour me faire survoler et découvrir le Grand Canyon, l'une des merveilles de notre planète.

Cet incroyable voyage se termine par une nouvelle étape à New York, avant mon retour en France. Au cours d'une grand-messe solennelle en la cathédrale Saint-Patrick sur la Cinquième Avenue, monseigneur Flanders, évêque auxiliaire de New York, me souhaite la bienvenue du haut de la chaire, dans des termes si élogieux qu'ils me font rougir.

Le même jour, je suis invitée à déjeuner à la résidence du cardinal Francis Spellman, archevêque de New York, qui me remet à cette occasion sa médaille personnelle. L'allocution qu'il prononce à l'issue du déjeuner est un témoignage d'admiration et de sympathie adressé, à travers moi, à tous les combattants de Dien Bien Phu. C'est un personnage considérable, une haute figure du catholicisme américain. Ami du pape Pie XII, le cardinal Spellman a notamment été au centre du premier dialogue durable entre les États-Unis et le Saint-Siège. Il a souvent été décrit comme un nationaliste convaincu, comme un prélat très politique.

De passage à Paris le 20 mai 1954, le cardinal Spellman a prononcé ces mots : « De nos jours, à Dien Bien Phu, une nouvelle *Chanson de Roland* a été écrite. Le cor de Roland qui, il y a près de douze siècles, sonnait dans le défilé de Roncevaux et battait le rappel des hommes de Charlemagne, a sonné de nouveau sur le plateau de Dien Bien Phu. En entendant cette diane, invitant les hommes libres dans le monde entier à se réveiller, et à montrer le même esprit que ces quelques héros qui, des cendres de la défaite, ont su faire surgir les flammes de l'espérance, notre âme fut profondément remuée... » Et, alors qu'à cette date j'étais encore prisonnière, il avait même cité mon action, allant jusqu'à dire que je m'étais montrée digne « de prendre place dans cette lignée de femmes françaises qui a connu la gloire d'une Jeanne d'Arc ». De telles paroles montrent bien l'impact qu'a eu sur le monde américain l'événement de Dien Bien Phu.

C'est par la rencontre de ce personnage étonnant que s'achèvent mes trois semaines sur le continent américain.

Toujours convoyeuse

Après ce séjour officiel aux États-Unis, je reviens à Paris, où je me trouve de nouveau face à de multiples sollicitations. Parfois je suis désolée de décevoir, mais je ne me vois pas non plus me transformer en conférencière à plein-temps ! Heureusement, mon contrat avec l'armée de l'Air n'est pas terminé. Je peux donc rentrer dans le rang et reprendre mon travail de convoyeuse.

Malgré tout, ma vie a changé. Je profite de chaque moment de liberté pour aller au Val-de-Grâce voir les blessés libérés.

Je continue aussi, un certain temps, à être la proie bien involontaire des journalistes. Un jour, alors que je circule en voiture dans les rues de Paris, je suis réellement poursuivie. Arrivée à la hauteur d'un policier, je baisse ma vitre et le supplie de me venir en aide. Je me gare, et il oblige l'autre voiture à circuler. La rue étant en sens unique, je suis sauvée !

Mais je sens bien désormais qu'il y a, dans mon existence, un avant et un après Dien Bien Phu...

Mon temps de congé ne m'ayant pas permis de faire autre chose que du courrier, et le voyage officiel aux États-Unis ayant été très fatigant, je peux à nouveau quitter Paris pour un temps de repos, dans le Gers, chez le dernier frère de mon père, le colonel Guy de Galard. C'est ainsi que je manque le retour à

Paris des combattants de Dien Bien Phu, libérés de la fin d'août au début de septembre à Viétri ou à Sam Son, à la suite des accords de Genève. Mme Bigeard a la délicatesse de m'avertir du jour où son mari doit arriver à Paris, et je regrette bien de ne pas pouvoir être présente, mais il est naturel qu'il se consacre à sa femme et à sa fille. Cela ne nous empêchera pas, quelque temps plus tard, de nous retrouver dans un restaurant des Champs-Élysées, où les marques de sympathie de ceux qui nous reconnaissent nous font chaud au cœur. En revanche, je suis à Paris-Orly pour accueillir les blessés rapatriés via les États-Unis par des Globe Masters américains, à bord desquels sont présentes à la fois une Flight Nurse et une convoyeuse de l'air.

Notre chef convoyeuse, Guite de Guyencourt, ne souhaite pas pour le moment que je retourne en détachement en Indochine, car elle préfère que je n'aie pas de contact avec le Vietminh. Or, mes camarades se rendent encore dans le nord pour évacuer les milliers de ceux qui ne veulent pas vivre sous un régime communiste ; la France s'emploie en effet à ramener dans le sud, par avion et par bateau, ceux qui, par milliers, préfèrent l'exode à la perte de leur liberté religieuse.

En novembre 1954, je peux tout de même faire un aller-retour à Saïgon pour convoyer des militaires à bord du Sky. Malgré tout ce que j'ai vécu à Dien Bien Phu, cela me fait un immense plaisir de retourner dans ce pays tellement attachant. Je suis accueillie à Tan Son Nut, l'aéroport de Saïgon, par Solange de Peyerimhoff, une convoyeuse que j'aime beaucoup, et qui me parle de ses missions dans le nord. Je revois aussi avec joie le docteur Gindrey et sa femme, infirmière à Saïgon.

Pour le premier anniversaire de l'opération Castor, j'ai le plaisir de pouvoir aller à Bayonne, où se déroule une cérémonie en l'honneur des morts de Dien Bien Phu : devant le monument, un immense drapeau tricolore est déployé, tenu aux angles par le colonel Langlais, le lieutenant-colonel Bigeard, le commandant de Bazin de Bezons et le commandant Tourret. Joie des retrouvailles...

En février 1955, j'ai droit à un stage de ski, dans le chalet de Méribel réservé au personnel navigant de l'armée de l'Air. Ce sont mes premières vraies vacances. Les premiers soirs, je tombe de sommeil à 20 heures 30. Au bout de trois jours, j'ai retrouvé une forme éblouissante, pour la première fois depuis mon retour de Dien Bien Phu. Jusque-là, j'avais repris mes missions de convoyeuse en me traînant, n'arrivant pas à récupérer de la fatigue de Dien Bien Phu et des États-Unis. Désormais, je suis en pleine forme pour repartir pour deux mois à Alger afin d'assurer les circuits sahariens.

Au cours de ces missions, je me souviens encore de l'accueil extraordinaire que me réserve la Légion à Sebha, où un ennui mécanique de l'avion nous permet de rester plus de vingt-quatre heures : les officiers puis les sous-officiers me reçoivent notamment au son du traditionnel *Tiens voilà du boudin ;* tous les anciens de Dien Bien Phu, environ une trentaine, m'invitent à prendre un verre avant le déjeuner. Et le dimanche après-midi, les officiers m'emmènent faire une grande balade aux environs de Sebha avec quatre voitures fonçant sur la piste de sable : grisant !...

À mon retour d'Alger, une mission de convoyeuse me donne l'occasion d'accompagner l'équipe française de basket-ball lors des jeux Olympiques des paraplégiques à Stokemandeville, en Angleterre.

C'est à ma demande que l'armée de l'Air a mis un avion à notre disposition. Il y a chez ces handicapés jouant au basket en fauteuil roulant un courage, un dynamisme, une joie de vivre qui forcent l'admiration... Je comprends ce jour-là combien le sport peut se révéler un moyen efficace de rééducation et de réinsertion [1].

Le Vietnam m'appelle à nouveau au mois de mai 1955, mais seulement au sud du 17e parallèle puisque, depuis les accords de Genève, le nord est aux mains du Vietminh. Mes missions habituelles sont Saïgon-Tourane, ou Saïgon-Nhatrang-Tourane, ou Saïgon-Bien Hoa-Tourane, Saïgon-Vientiane... Il y a encore des évacuations sanitaires à effectuer, la plupart du temps des blessés par mine. Mais la vie des convoyeuses n'a plus rien à voir avec celle de l'époque 1953-1954. La liberté du dimanche nous permet maintenant de rayonner autour de Saïgon. En allant voir mon beau-frère Christian de Villepin au 1er Chasseurs, je suis frappée de la multitude d'églises sur la route de Bien Hoa. Les catholiques du nord maintenant implantés dans cette région commencent, avant toute chose, par reconstruire une église, la plus belle possible, témoignant ainsi de leur foi. Ils ont tout quitté pour pouvoir continuer à la vivre et je suis remplie d'admiration pour cette population qui, dans le passé, a déjà eu trois générations de martyrs.

Saïgon n'a vraiment pas changé. Contrairement à Hanoï, plus provinciale, plus intime, avec ses avenues ombragées et le charme de son Petit Lac, Saï-

1. En France, les handicapés doivent beaucoup à un ancien combattant de l'armée de Lattre, Philippe Berthe, amputé d'une jambe, qui a créé l'Amicale sportive des mutilés de France, laquelle a donné naissance par la suite à la fédération Handisport.

gon est très animée, surtout Cholon où j'aime déambuler. En 1954, je ne m'étais pas beaucoup attachée au sud. Saïgon me paraissait bien futile, alors que tant de drames se passaient au nord, même si un jour, j'étais avec mon équipage allée découvrir une fumerie d'opium. À part Saïgon, nous ne connaissions rien alors de la Cochinchine. En allant voir mon beau-frère à An Loc, je visite grâce à lui les magnifiques plantations d'hévéas et l'usine qui traite le latex pour en faire du caoutchouc ; je m'émerveille des paysages du cap Saint-Jacques... À vrai dire, c'est la première fois que je découvre le Vietnam apaisé et je m'emplis les yeux et le cœur de toutes ces beautés. Pourtant, mon carnet de vol en fait foi, je voyage beaucoup. Souvent pour accompagner des militaires, mais de temps en temps aussi pour une mission sanitaire qui me rappelle le passé. Un jour, je retrouve, avec quelle émotion, le docteur Grauwin. Ensemble nous allons voir les amputés vietnamiens, blessés et opérés à Dien Bien Phu. Nous les trouvons très délaissés ; certains n'ont pas encore eu de citation. Pour eux, le docteur Grauwin est leur sauveur. Entre deux missions, je retourne les voir et leur apporte des cigarettes.

Un jour, je suis désignée pour accompagner une équipe de chercheurs se rendant à Angkor pour observer une éclipse totale du soleil. L'avion est plein d'instruments sophistiqués et de quelques passagers, des scientifiques. Avec l'équipage, je vais visiter les grands temples Angkor Thom et Angkor Vat, puis nous partons vers Bantaï Shreï ; après des kilomètres en Jeep sur des pistes effroyablement cahoteuses, brusquement apparaît au milieu de la jungle cette merveille de beauté, de grâce, d'élégance avec ses sculptures d'Apsara et de Naja. C'est au moment où nous visitons le Tap Rom que l'éclipse de soleil se produit. Subitement, la nuit s'installe sur les pierres que font éclater les fromagers, c'est extraordinaire, presque dantesque. L'un de mes rêves vient de se réaliser : voir Angkor, cette splendeur.

Les jours passent très vite, et je commence à sentir combien je suis triste à l'idée de devoir une nouvelle fois quitter bientôt ce pays, mon contrat avec l'armée de l'Air se terminant le 15 juillet 1955...

Un beau jour, je reçois, retournée de France, une lettre du général Cogny, qui m'émeut beaucoup : avant de quitter le Tonkin, il tenait à me dire qu'il avait pour moi une pensée toute spéciale... en ce premier anniversaire de la fin des combats de Dien Bien Phu. Comme le temps passe : un an déjà !

Être fidèle

Certains de mes camarades, au retour de l'enfer des camps, et après celui de Dien Bien Phu, ont voulu tourner la page.

Personnellement, je ne le pouvais pas. Je me sentais unie à eux par des liens de camaraderie indéfectibles. Nous avions partagé trop de souffrances. J'avais une sorte de dette envers eux, envers les familles de ceux qui avaient donné leur vie ou leur intégrité physique, moi qui avais la chance de revenir indemne.

Mais qu'allais-je faire maintenant ? Comment rester fidèle à ces moments d'exception auxquels il m'avait été donné de participer ? Comment ne pas me laisser anesthésier peu à peu par la vie douce et aisée que je pouvais facilement reprendre en rentrant en France ? « Il faut vivre indigné », disait Albert Camus.

Comment ne pas décevoir ceux qui, avec Hélie de Saint Marc, en juin 1954, m'avaient écrit :

« Vous avez représenté pour nous le dévouement et l'abnégation jusqu'à l'extrême limite. Vous ne pouvez plus vous permettre d'être une femme comme les autres » ?...

Cette exigence m'obsédait et je repensais souvent à la réponse que j'avais faite au professeur Huard lorsqu'il m'avait annoncé la pression médiatique qui m'attendait à Hanoï : « Je pense que le plus difficile n'est pas derrière moi. » Car il me semblait plus malaisé de vivre avec noblesse le cours monotone des jours que ces moments exceptionnels où nous avions été portés par l'exaltation et la solidarité. J'ai découvert peu à peu la vérité de la phrase de Jacques d'Arnoux, que j'ai voulu mettre en exergue de ce livre : « L'héroïsme réside moins dans la nature des actes que dans la manière de les accomplir[1]. » Et j'ai compris que les actes les plus simples de la vie pouvaient être magnifiés s'ils étaient faits par amour.

Les événements m'aidèrent à trouver ma voie : quelques mois avant la fin de mon contrat avec l'armée de l'Air, je fis la connaissance d'un médecin américain, le docteur Rusk, qui dirigeait le plus grand centre de rééducation de New York. Ayant pu constater le retard pris par la France dans ce domaine, il me proposa de venir faire un stage dans son établissement.

En cette année 1955, la guerre d'Algérie n'avait pas vraiment commencé, malgré l'assassinat de deux enseignants à la Toussaint de 1954, et les convoyeuses n'y étaient pas encore engagées. En revanche, le sort des blessés de Dien Bien Phu, amputés ou paraplégiques, continuait à me préoccuper. Cette invitation me parut providentielle, et je décidai de l'accepter et de ne pas renouveler mon contrat.

Une bourse de l'association Atlantique me permit de partir pour les États-Unis. Ce fut une expérience professionnelle très riche, et la façon dont se pratiquait le travail en équipe me fit une forte impression : chaque lundi, nous nous réunissions tous – médecins, spécialistes, kinésithérapeutes, psycholo-

1. Jacques d'Arnoux, *Les 7 Colonnes de l'héroïsme.*

gues, infirmières –, et nous étudiions les malades cas par cas, en vue d'une rééducation globale, tenant compte aussi bien du psychique que du physique.

Un soir, je fus invitée à dîner à l'hôtel Plaza par Gilbert Bécaud, en tournée aux États-Unis. Depuis que ses fans parisiens déchaînés avaient saccagé d'enthousiasme les fauteuils de l'Olympia, sa célébrité avait traversé l'Atlantique. Apprenant ma présence à l'institut du docteur Rusk, il proposa de venir chanter devant les jeunes et les moins jeunes en cours de traitement. « Monsieur 100 000 volts » méritait déjà bien son nom. Son talent se doublait d'une immense gentillesse, et ce fut pour moi comme pour tous les pensionnaires de l'institut, une rencontre inoubliable. Devant les yeux émerveillés des handicapés en fauteuil roulant, il chanta : *C'était mon copain, Les Croix, Mes mains, Je t'appartiens,* et bien d'autres chansons encore[1].

À la fin de mon stage à New York, un voyage d'étude dans différents centres pour handicapés m'emmena jusqu'à San Francisco. De là, je me rendis à Los Angeles, souhaitant passer une semaine de vacances au Mexique, mais j'avais oublié l'indispensable : la demande de visa. Romain Gary, alors consul de France de cette ville, vint à mon secours et m'accueillit dans sa magnifique demeure de Beverly Hills, me plongeant quelques heures dans cet univers très particulier des stars du cinéma, auquel appartenait Jean Seberg, sa femme.

À mon retour des États-Unis, en 1955, je souhaitais mettre en pratique mes nouvelles compétences en

1. Lorsqu'à mon retour en France je me mis à travailler au centre de rééducation des Invalides, Gilbert Bécaud vint de la même façon y animer un goûter de Noël.

travaillant au centre de rééducation des Invalides. C'est aussi l'époque où le capitaine Jean de Heaulme et moi décidâmes de nous marier. J'avais connu ce jeune officier en Indochine en 1953. Son père habitait Hanoï, et nous avions des parents communs, si bien que je décidai d'aller lui rendre visite. M. de Heaulme m'invita à dîner avec son fils, qui était alors affecté au GCMA et basé à Hanoï.

En 1954, Jean de Heaulme avait été parachuté dans le maquis au-delà de Dien Bien Phu, pour mener une action de harcèlement sur les lignes de ravitaillement vietminh. Récupéré et revenu à Hanoï après la chute du camp retranché, il avait été détaché au cabinet du général Cogny pour négocier la libération des blessés et de leur accueil. C'est ainsi que le 24 mai 1954, jour de ma libération, il fut le troisième à me saluer, après le général Cogny et le général Dechaux. Les jours suivants, il m'accompagna à l'hôpital Lanessan dans mes visites aux blessés, ayant lui-même à recueillir des informations pour les pourparlers.

Nous en serions sans doute restés là si les circonstances ne nous avaient amenés à nous revoir en France. Je n'avais pas d'*a priori* sur le métier de l'homme qui deviendrait mon mari, mais je souhaitais que son métier le mette au service des autres, officier, médecin, par exemple. Comme beaucoup de femmes je crois, j'ai besoin d'admirer pour aimer... Il me paraissait difficile que Jean de Heaulme ait pu embrasser cette vie de militaire sans courage, générosité, dévouement ni don de soi, et ce sont ces qualités qui me semblaient indispensables pour que l'amour ne soit pas un feu de paille, mais dure à travers les joies et les épreuves qui parsèment toute vie. Avec du recul, je reconnais qu'avoir épousé un officier m'a permis de tout partager avec lui, mon passé dans l'armée de l'Air, et sa vocation d'officier d'infanterie de marine et de parachutiste. Avec lui, cette fidélité au passé, qui me tenait tant à cœur, m'a été naturelle, car nous avons toujours pu conjuguer harmonieusement souvenirs, complicité et projets d'avenir.

Notre mariage eut lieu le 14 juin 1956 dans l'église des Invalides. Les blessés qui étaient dans le centre de rééducation purent venir y assister en fauteuil roulant. Dien Bien Phu était encore dans tous les esprits, et l'assistance avait du mal à pénétrer dans la nef. Le hasard plaça l'une de mes cousines à côté de la mère du lieutenant Rondeau, que j'avais soigné là-bas et qui était mort entre-temps. Elle se frayait avec peine un chemin dans la foule et répétait : « Moi, j'ai le droit d'être ici, elle a soigné mon fils ! »

À la sortie, des dizaines de photographes se pressaient autour de nous. Les journaux avaient annoncé notre mariage, et la foule était impressionnante. La curiosité de quelques-uns n'éclipsait pas la chaleur et la sympathie qui se dégageaient de l'ensemble.

Après ce grand tournant, ou plutôt ce nouveau départ, j'obtins le contrat que je souhaitais au centre de rééducation des Invalides. J'y retrouvai plusieurs des blessés que j'avais soignés à Dien Bien Phu : Defline, déjà appareillé, y revenait de temps en temps. Heinrich Haas, l'amputé triple, marchait remarquablement avec sa prothèse de jambe. Les prothèses de bras posaient plus de problème mais, comme durant son séjour au Val-de-Grâce, il gardait un moral extraordinaire et remontait celui de ses camarades, moins atteints que lui mais beaucoup plus abattus.

Je retrouvais aussi Bernard Hay, sergent au 8e BPC. Le 21 avril, des éclats d'obus avaient grièvement touché sa moelle épinière, le rendant tétraplégique. Il était remarquable de courage et d'énergie, et ses traits de caractère ne se sont jamais démentis. À la suite d'une opération et d'une longue rééducation, il retrouva en partie l'usage de ses jambes. Plus tard, devant subir des dialyses régulières, cet ardent pèlerin de Lourdes fit le projet, avec son épouse, infirmière, de créer un centre de dialyse à Bartrès, à cinq kilomètres du sanctuaire. Il le réalisa en cinq ans, évitant ainsi aux pèlerins dialysés d'avoir à se rendre à Tarbes ou à Pau. Je l'ai revu en 1994 : pour cause d'artérite, il avait dû être amputé d'une jambe, puis de l'autre, et son courage restait impressionnant. Il était très épaulé par sa femme, qui dirigeait le centre avec dévouement et compétence. Cette œuvre difficile et remarquable accomplie a probablement animé et porté les dernières années de sa vie.

Souvent, aux Invalides, j'arpentais avec un jeune paraplégique, dont je vois toujours le visage mais dont le nom s'est échappé de ma mémoire, les longs couloirs et les escaliers, qu'il parcourait avec la seule aide de ses bras et de ses cannes anglaises. Nous cherchions à redonner à ces jeunes le plus d'indépendance possible. La force morale et la volonté étaient évidemment les conditions nécessaires à leur rééducation.

En 1959, vint le jour où mon mari fut affecté à Madagascar. Notre aîné, François, avait trois mois. Pendant six mois, je n'ai été qu'une épouse et une maman, d'autant plus que, en raison de la saison chaude, notre bébé s'adaptait difficilement au climat et ne prenait pratiquement pas de poids.

C'était peu après l'indépendance de la république Malgache[1]. Mon mari était conseiller auprès du chef

1. Madagascar est devenue, en 1958, république autonome au sein de la Communauté, mais n'a acquis sa pleine indépendance qu'en 1960.

de la province de Fianarantsoa pour les problèmes de sécurité et de défense. Il circulait beaucoup, mais notre fils était trop petit pour que je puisse l'accompagner. Dans ce faux « bon climat » des plateaux de Fianar, les cas de mortalité infantile n'étaient pas rares ; j'ai vu une petite Française de cinq mois mourir en quelques heures de toxicose. Après les joies, nous avons connu les angoisses de parents, accentuées pour moi par l'isolement : nous étions logés à l'écart des autres cadres militaires, et, de plus, beaucoup de jeunes femmes n'osaient venir vers moi, intimidées par toute la publicité qui m'avait entourée, encore très présente dans les esprits ! À l'inquiétude liée à la santé de notre bébé, s'ajoutait un réel sentiment de solitude.

Heureusement, la saison chaude terminée, tout rentra dans l'ordre. François redevint un beau bébé heureux. Je retrouvai alors la liberté d'esprit qui me permit d'entreprendre des activités bénévoles. J'aidais l'assistante sociale, qui avait organisé une formation d'hygiène et de puériculture auprès des femmes de militaires malgaches ; j'allais aussi à l'hôpital de Fianar, suivre la visite du chirurgien militaire, pour prendre en charge la rééducation des patients qu'il me signalait, cela avec les seuls moyens du bord... Madagascar avait vécu une effroyable épidémie de poliomyélite. Nombreux étaient aussi les blessés par les cornes des bœufs. Les distances étaient grandes, et trop rares étaient les handicapés qui pouvaient bénéficier d'une rééducation cohérente. Mais quelle joie rayonnait chez ces malheureux lorsqu'ils pouvaient retrouver une certaine autonomie et nous quitter, même avec des béquilles encore rustiques. Je partageais très fort cette joie, avec le sentiment de continuer à servir.

Cependant, en dépit de mon besoin de contact, de mon désir d'ouverture et d'activité tournée vers les autres, j'ai toujours donné la priorité à ma famille, surtout lorsque deux autres enfants, Véronique et Christophe, sont venus enrichir notre foyer.

La carrière de mon mari me permettait d'entretenir mes relations avec le milieu militaire. J'y retrouvais beaucoup d'anciens des années passées en Indochine qui me connaissaient ou connaissaient mon mari, car celui-ci, après une jeunesse indochinoise, y avait passé le concours de Saint-Cyr, avait été prisonnier des Japonais le 9 mars 1945 et avait, en trois séjours, participé à la guerre, jusqu'à sa fin.

Dès sa création, en 1967, j'avais adhéré à l'Association nationale des combattants de Dien Bien Phu, dont le siège est à Pau. Il était impossible que tant de solidarité manifestée par les hommes au combat disparaisse sans lendemain, surtout quand, dans le silence des années, ils étaient seuls à garder la mémoire vivante et la volonté d'entraide devant des situations parfois désespérées[1]. J'ai toujours fait l'impossible pour me rendre aux commémorations.

J'étais dans la cour des Invalides, en compagnie de plusieurs anciens de Dien Bien Phu, lors du retour en France du soldat inconnu d'Indochine, le samedi 7 juin 1980. La cérémonie était présidée par Valéry Giscard d'Estaing. Lorsqu'elle fut terminée, le président vint vers moi et eut des paroles élogieuses. Peu de temps après, je fus proposée pour le grade d'officier dans l'ordre de la Légion d'honneur. Il me décora

1. Présidée d'abord par le général Langlais, puis par le général de Biré, l'Association a vécu grâce à la foi, l'engagement et la persévérance toute particulière de sous-officiers tels que Michel Chanteux, secrétaire général depuis sa création, ou d'autres, assurant les présidences régionales.

le 11 novembre 1980, place de l'Étoile, par une journée radieuse où les porte-drapeaux, venus de toute la France, faisaient à l'Arc de triomphe une couronne somptueuse.

Pour le quarantième anniversaire, célébré à Pau en 1994, le ministre de la Défense, François Léotard, rendit un hommage appuyé aux combattants de Dien Bien Phu, comme il l'avait déjà fait lors de la pose de la première pierre de la nécropole de Fréjus. Il avait alors suscité un moment de profonde émotion en disant : « Le jour de la chute de Dien Bien Phu, j'avais treize ans, et j'ai pleuré... »

Je gardais des contacts avec l'armée de l'Air, où je retrouvais l'esprit d'équipage, qui fut unique pour moi. Chaque fois que cela m'était possible, je venais aussi, de nos garnisons de province, chez Guite de Guyencourt, notre chef convoyeuse en Indochine, qui réunissait les anciennes. C'est sans doute lorsque mon mari commandait le 2e Rima[1], au Mans, que je me suis le plus investie auprès des familles, les soutenant dans leur isolement quand les maris partaient en détachement de plusieurs mois.

Mais la fidélité à notre passé indochinois a aussi eu pour nous un visage et un prénom : Kun. Quelques mois après notre départ du Mans pour Lunéville se déroula le drame du Cambodge, avec la chute de Phnom Penh, en avril 1975, et le génocide perpétré par les Khmers rouges. En France, le Secours catholique lança un appel. Un certain nombre de familles cambodgiennes avaient envoyé leurs fils à l'étranger pour les soustraire au danger communiste et leur permettre de poursuivre leurs études, le lycée de Phnom Penh ayant été déjà bombardé et fermé. Il

1. Régiment d'infanterie de marine.

s'agissait de jeunes de quinze à dix-sept ans envoyés par leurs parents dans des familles d'accueil en échange d'une rémunération, mais celles-ci n'avaient plus les moyens de les garder après l'isolement total du Cambodge.

Le Secours catholique cherchait donc à la fois des familles pouvant prendre en charge ces enfants perdus et d'autres pour les accueillir pendant les vacances d'été. J'avais suivi avec angoisse les dramatiques événements qui se déroulaient dans ce pays proche du Vietnam et je gardais dans ma mémoire l'éblouissement ressenti à Angkor. Je ne pouvais rester insensible à cet appel. On m'annonça l'arrivée, pour le 1er août 1975, d'un jeune Cambodgien de seize ans. Nous avons accueilli Kun de notre mieux. C'était très difficile pour lui d'arriver dans un pays étranger, seul et sans nouvelles de sa famille, au moment où de nombreux témoignages parvenaient au monde sur les atrocités commises par les Khmers rouges.

En septembre 1978, alors que Kun venait à nouveau de nous quitter après un mois de vacances, je reçus une lettre de lui : « J'ai retrouvé la joie, la vraie joie que j'avais perdue. » La Croix-Rouge internationale venait de lui faire savoir que sa mère et ses cinq frères et sœurs étaient réfugiés à Ho Chi Minh Ville. Il fallut plus de trois ans de démarches, de formalités et d'attente avant de les voir arriver à Paris-Roissy, maigres, fatigués, silencieux, mais libres et si heureux d'être réunis.

Kun connut alors l'étendue du drame qu'avaient vécu les siens : son père emmené avec les hommes et disparu ; sa famille, réfugiée à Ho Chi Minh Ville, vivant misérablement de petits boulots sur les marchés ; sa mère et ses plus jeunes sœurs internées dans un camp de réfugiés alors que leur visa pour la

France venait d'être accordé, puis s'évadant, se cachant le jour et marchant la nuit pour rejoindre Ho Chi Minh Ville, vivant en clandestins jusqu'au jour du départ. Ce jour-là, dans un grand élan d'amitié et de solidarité, plus de cent personnes accompagnèrent la famille jusqu'à l'aéroport pour les protéger d'une nouvelle arrestation.

Les liens qui se sont créés entre Kun et nous, en particulier entre lui et notre aîné, François, son presque jumeau, durent toujours. Il a été l'un des témoins du mariage de notre fils, et nous le recevons régulièrement. Il fait d'autant plus partie de la famille que, à l'occasion de son baptême, il a demandé à mon mari d'être son parrain. Il m'appelle moi-même marraine, bien que sa vraie marraine soit la personne remarquable qui, après l'été de 1975, lui a offert la stabilité que nous, famille d'officiers, ne pouvions lui apporter.

En 1981, l'arrivée de la gauche au pouvoir fut pour moi un choc personnel. Je gardais du combat contre le Vietminh un rejet viscéral du totalitarisme et la présence de communistes au gouvernement me poussait à l'engagement politique. Je refusai pourtant d'adhérer à un parti quand je décidai de m'engager dans une action municipale, ce qui représentait un service et non une ambition personnelle. C'était aussi le moyen de rester accessible à tous. Cet engagement a vraiment été une façon de rester fidèle au passé, sans non plus m'y enfermer. Je me présentai donc aux élections municipales de 1983, ce qui marqua le début de dix-huit ans d'action au service des habitants de mon quartier.

Après mon élection comme conseiller d'arrondissement, le maire me demanda de travailler dans le domaine des associations, qui sont les éléments vivants d'un quartier. Lors d'une rencontre, l'Apei (Association des parents d'enfants inadaptés) avait demandé au conseil d'arrondissement de se pencher davantage sur les problèmes des jeunes handicapés mentaux. Compte tenu de mon passé d'infirmière et de mes contacts avec les souffrants, je demandai au maire s'il acceptait de me désigner comme déléguée aux Handicapés : j'eus alors le sentiment très réconfortant de boucler une boucle...

En liaison étroite avec les jeunes parents et les enseignants, je pus mener plusieurs actions en faveur de l'intégration scolaire des enfants handicapés mentaux. Ce furent des années très riches, et même si j'avais d'autres responsabilités, soit comme représentant du maire dans trois établissements scolaires, soit dans le domaine social, c'est certainement cette action qui a le plus marqué les dix-huit années de mon mandat à la mairie. Je reste pleine d'admiration pour les parents qui mettaient tant d'amour et d'imagination dans le combat qu'ils menaient pour donner le maximum de chances à leurs enfants.

Comme déléguée aux Anciens Combattants, j'entretenais de nombreux contacts avec les associations réunies en un comité de liaison, dont les manifestations avaient pour objectif de témoigner d'un devoir de mémoire. Tout en m'intéressant aux problèmes des anciens combattants du XVIIe arrondissement, je ne pouvais oublier ceux de Dien Bien Phu.

Grâce au dévouement immense du président de la région Ile-de-France de l'Association nationale des combattants de Dien Bien Phu, je pouvais suivre les cas délicats qu'il me signalait : maladies, hospitalisations, deuils. L'un d'eux, très particulier, m'a beaucoup occupée. Il s'agissait du caporal Tran The Ty, engagé volontaire dans l'armée française en avril

1953, puis muté d'office dans un bataillon vietnamien, le 5e BPVN[1]. Je l'avais soigné à Dien Bien Phu, où, grièvement blessé à la fin de mars 1954, il avait été amputé des deux jambes. Libéré par le Vietminh parce qu'invalide, il fit partie des pauvres infirmes que j'étais allée voir dans un camp à Saïgon, avec le docteur Grauwin en 1955. Après le départ des Français, il avait été réduit à la mendicité.

Grâce à l'Entraide parachutiste[2], et avec le concours des ministères des Anciens Combattants et des Affaires étrangères, Tran The Ty avait pu être rapatrié en France avec sa famille. Il y vivait de l'aide sociale, dans des conditions matérielles pénibles et humiliantes, car, considéré comme appartenant à une armée étrangère, il ne pouvait prétendre à une pension d'invalidité. Sur le conseil du général Schmitt, ancien de Dien Bien Phu et alors gouverneur des Invalides, j'écrivis au président de la République. Jacques Chirac, ému par ce cas tragique, demanda le réexamen du dossier. Celui-ci prit plusieurs mois. Heureusement, Tran The Ty était entouré tout ce temps par l'Entraide parachutiste et l'Association des mutilés militaires[3], à Toulouse. Administrativement, il n'y avait pas de solution. Mais Tran The Ty, ayant acquis la nationalité française, présentait un cas unique parce qu'amputé double. Aussi, le ministre des Anciens Combattants décida-

1. Le 5e Bataillon de parachutistes vietnamiens était l'un des bataillons de l'armée vietnamienne, qui s'était créée petit à petit à partir de 1949.

2. L'Entraide parachutiste avait pour président le général Caillaud, et pour vice-président le général Rolin, tous deux anciens de Dien Bien Phu.

3. L'association des mutilés militaires était présidée par le commandant Clairac.

t-il de lui accorder, à titre exceptionnel, une pension d'invalidité.

Je le reverrai toujours, lorsque, venu me voir à Paris quelque temps plus tard sans ses prothèses, qui le blessaient, il s'encadra soudain dans la porte de mon appartement... juché sur les épaules de son gendre !

Pendant mes deux premières mandatures, Jacques Chirac faisait l'unanimité comme maire de Paris, où il avait réalisé « l'union », qui permit à deux reprises le grand schelem lors des élections municipales. Au cours de la troisième mandature, la droite se déchira, et cette désunion me choqua profondément. Et puis arriva la fin de mon mandat.

L'été, en me ramenant dans la région où mon père était né et où nous avions rénové une vieille ferme, Esbats, m'aida à franchir le cap de ce changement de vie. Cette maison avait déjà permis à nos enfants, trop souvent changés d'établissements scolaires au cours de la carrière de mon mari, de trouver un point d'ancrage. C'est aussi le lieu où nous recevons nos trois petits-enfants, Arnaud, Alexandre et Inès. Je crois qu'ils sont déjà sensibles à la beauté de ce coin de France que nous aimons et qu'ils y trouveront eux aussi ces racines qui sont les nôtres. Là est une autre forme de fidélité, que nous partageons avec nos enfants dans les traditions familiales, que maintient à Saint-André mon cousin Jean de Galard, maire depuis quarante-quatre ans.

La vie qui a été la mienne durant toutes les années qui ont suivi Dien Bien Phu n'a évidemment pas eu le caractère exceptionnel des cinquante-huit jours passés là-bas mais j'ai essayé de les vivre sans jamais trahir ce passé.

Depuis longtemps, je caressais un vieux rêve : celui de retourner au Vietnam. Mais je craignais de ne pouvoir y circuler incognito et ne voulais surtout pas cautionner le régime marxiste, compte tenu de l'absence de liberté qui règne encore dans ce pays. Une certaine ouverture du régime et ma toute nouvelle liberté d'emploi du temps me permettaient enfin d'envisager ce retour.

Une opportunité s'offrit : un camarade de promotion de mon mari organisait un voyage ; et l'association Vietnam Espérance souhaitait des contacts avec le nord du pays, où elle n'était pas encore implantée. Cette association avait été créée par un officier, ancien de Dien Bien Phu[1], et quelques camarades qui, après y avoir vécu tant d'années dans la paix et dans la guerre, ont cherché à alléger les misères des plus nécessiteux. Ayant constaté l'œuvre éminemment sociale des chrétiens, souvent encore parmi les plus opprimés, ils apportent une aide directe aux évêques pour permettre la reconstruction des lieux de culte, bases des communautés et de l'entraide.

Je souhaitais beaucoup retrouver certains lieux et découvrir ceux où les parents et les grands-parents de mon mari avaient vécu et où il avait lui-même passé sa jeunesse. En fait, je voulais surtout sentir vivre ce pays, sentir à nouveau son âme...

Mon mari n'avait pas très envie de retourner au Vietnam, car il préférait garder ses souvenirs, bons ou mauvais, intacts. Mais il se décida néanmoins à partir, pour moi et pour Vietnam Espérance.

Je ne voulais pas revoir Dien Bien Phu. Mes souvenirs étaient enfouis dans mon cœur, et je voulais les y garder toujours vivants. Était-ce la peur d'être trop choquée ?... J'avais vu une photo du lieu, devenu une ville de béton de 20 000 habitants (80 000 avec

1. Le colonel Magnillat-Rapp.

les habitants de la vallée), là où les bulldozers, creusant les fondations de nouvelles maisons, mettaient au jour les ossements des morts de cette terrible bataille. Je n'aurais pas pu supporter de voir cette profanation...

D'ailleurs, Dien Bien Phu n'était pas au programme de notre voyage, pas plus que Na San ni Lai Chau, où j'aurais tant aimé retourner.

Notre périple nous emmena vers Cao Bang. Grâce à des témoins de l'époque, membres du voyage, nous avons revécu le drame de la RC4 en 1950, dans ces montagnes abruptes envahies par la jungle et propices aux embuscades. Nous passâmes à That Khé, là où le lieutenant de Fontanges avait réussi à évacuer les blessés rendus par le Vietminh, parmi lesquels le lieutenant Faulques, qu'ils considéraient comme perdu. Ensuite, nous avons continué vers Langson et la baie d'Along, qui se montra, comme souvent, sous son aspect fantastique, dans le crachin et la brume.

À Hanoï, je retrouvai l'atmosphère pleine de charme des abords du Petit Lac, avec ses arbres qui se reflétaient dans l'eau et ses allées où de jeunes amoureux souriants se promenaient bras dessus, bras dessous. Vitalité et sourire ne laissaient pas soupçonner le poids d'un régime totalitaire, et pourtant quelques visages fermés, comme celui de la préposée qui reçut à la poste mon e-mail pour la France, me donnaient soudain l'impression d'une autre réalité, plus tragique, à laquelle nous n'avions pas accès.

J'ai cherché en vain la villa des convoyeuses, tout près de l'hôpital Lanessan, lui aussi rendu méconnaissable, par les Russes. J'aurais voulu la revoir, tellement de souvenirs s'y rattachaient ! Notamment celui du jour où, à peine revenue de Nha Trang, j'étais repartie pour faire le premier atterrissage de nuit, afin de ramener dix-neuf blessés ; et celui de la nuit où l'on nous annonça que l'avion sur lequel était Aimée Calvel avait été touché et qu'elle ne rentrerait pas à Hanoï...

Notre groupe partait pour le Cambodge, mais nous avions décidé de remonter au Tonkin, en pèlerinage, sur les lieux de la jeunesse de mon mari. Là où avaient œuvré ses grands-parents, nous avons revu l'ancien curé, âgé de quatre-vingt-treize ans, qui se souvenait très bien d'eux... Une belle église en construction remplaçait la précédente, transformée en salle de catéchèse, et les offices y étaient déjà célébrés, bien que seuls le gros œuvre et le chœur fussent terminés. Nous avons pu prendre conscience de la vitalité de la foi des catholiques du Vietnam.

Mon mari avait manifesté le désir d'aller à Kêso revoir la première cathédrale du Tonkin, détrônée après l'édification de celle de Hanoï. Nous avions déjà longtemps roulé et la journée avait été fatigante, surtout pour le chauffeur. Lorsque nous avons annoncé que nous renoncions à notre projet, c'est lui qui s'est insurgé en disant : « C'est pour Dieu, on y va ! »

Le lendemain, l'émotion fut encore plus grande. Sur les lieux où mon beau-père avait dirigé quatorze ans une concession de trois mille hectares, dont quatre cents de caféiers, avec deux mille cinq cents têtes de bétail pour la fumure, nous avons retrouvé un ancien du village, qui évoqua avec mon mari des souvenirs d'enfance. Mais surtout, il nous chanta les louanges de « monsieur de Heaulme », qui « avait fait beaucoup pour développer le pays par l'apport de nouvelles cultures, la construction d'un pont, etc. ».

J'étais profondément émue et heureuse. J'avais la preuve de l'attachement que beaucoup de Français avaient éprouvé pour ce pays, qu'ils avaient cherché à développer et à enrichir de façon totalement désintéressée, et qui explique l'accueil que les touristes français reçoivent aujourd'hui presque partout au Vietnam. Déjà, à Nha Trang, l'évêque nous avait dit que, grâce à l'action du docteur Yersin, considéré comme un bienfaiteur du Vietnam, la province vivait dans un climat de liberté jamais rencontré ailleurs [1].

Notre engagement à Vietnam Espérance nous conduisit à rencontrer plusieurs évêques et différents ordres religieux. L'Église est la force vive non seulement dans le domaine de la foi mais aussi dans le domaine social, la sécurité sociale n'existant pas. Les religieuses dirigent des dispensaires, des orphelinats, des organismes d'aide aux pauvres et aux lépreux, ces pauvres parmi les pauvres. Elles tiennent aussi la plupart des classes maternelles. Depuis la rentrée de septembre 2001, on observe un début de libéralisation : les religieuses, qui ne pouvaient faire faire aux enfants que des travaux manuels, sont désormais autorisées à leur donner des rudiments de lecture, d'écriture et de calcul en dernière année de maternelle. Ainsi, sans renoncer à sa mainmise sur l'éducation scolaire, le gouvernement peut réduire le nombre d'analphabètes.

En 1953-1954, trop occupée par mes missions de convoyeuse de l'air, je n'avais pas eu de réel contact avec la population. Ils s'étaient limités à nos bavardages avec notre *thi ba* (la servante vietnamienne des convoyeuses) et aux échanges avec les blessés vietnamiens. Mais la langue était un réel obstacle. Cette fois, grâce aux efforts de mon mari pour rafraîchir ses connaissances en vietnamien et grâce à notre

1. Le docteur Alexandre Yersin (1863-1943), microbiologiste et médecin militaire français d'origine suisse, découvrit notamment le bacille de la peste et mit au point un sérum anti-pesteux.

jeune interprète, j'ai eu le sentiment de mieux connaître ce peuple courageux, qui reste souriant jusque dans les difficultés, et d'en avoir un peu compris l'âme : le patriotisme profond d'une population qui a tant souffert au cours de l'histoire et manifeste toujours son attachement à la terre ; qui, passionné de liberté, se sent toujours solidaire ; qui veut prouver devant les nations une personnalité, une civilisation qui lui sont propres.

Pourtant, malgré une libéralisation apparente, l'état marxiste, attaché à ses théories et à son pouvoir, craint les philosophies et les religions qui pourraient miner ses assises. Il maintient des contrôles sur l'homme et des contraintes sur l'économie, qui sont des carcans pour le développement du pays, et tient ainsi une grande partie de la population dans un état de grande pauvreté. Ces contraintes, hélas, privent totalement de liberté les minorités ethniques, encore nombreuses sur les plateaux et dans les montagnes.

Tout ce qui touche à ce pays reste cher à nos cœurs, aussi sommes-nous heureux, mon mari et moi, de participer à l'action de deux associations qui, sans aucun engagement politique, œuvrent en faveur des plus faibles : l'une Vietnam Espérance avec des références religieuses, l'autre Hot Lua, le Grain de riz, dans un souci humanitaire. Ces associations sont particulièrement généreuses et désintéressées, mais elles ne sont pas les seules. Le monde n'est-il pas rempli de gens formidables qui ne font pas parler d'eux mais qui contribuent à le rendre plus fraternel ?

À eux...

Mes mémoires s'achèvent... Ils commencent « avant » et continuent « après » Dien Bien Phu. Mais ce sont les semaines vécues là-bas au milieu des blessés et des combattants qui ont marqué et changé ma vie.

À aucun instant je n'ai regretté de m'être trouvée bloquée à Dien Bien Phu. Les moments difficiles mais exaltants que j'y ai vécus restent pour moi inoubliables, et j'attache un grand prix à l'amitié et à l'estime de ces hommes courageux dont j'ai eu l'honneur de partager la vie pendant près de deux mois.

Aussi est-ce en pensant à tous ceux qui se sont battus, à tous les morts, à tous les disparus, à tous ceux dont on ne parlera jamais, à leurs familles, que j'ai voulu apporter ce témoignage. Durant des semaines, je me suis replongée dans cet enfer, ne me rendormant pas lorsque je me réveillais la nuit. Et si je n'ai pu parler de tous, qu'ils sachent que je n'en oublie aucun.

La question reste souvent posée : pourquoi Dien Bien Phu ? Comment tant de courage ? Devant l'horreur, comment expliquer tant d'ardeur, de ténacité, d'héroïsme ?

On a parfois comparé Dien Bien Phu à Verdun ; mais à Verdun, les blessés pouvaient être évacués, la relève était assurée et les combattants donnaient leur sang pour défendre leur patrie. À Dien Bien Phu, à douze mille kilomètres de notre terre de France, ils se battaient pour la défense de la liberté. Leur combat n'avait plus d'autre objectif que la défense du monde libre, aux côtés des Vietnamiens qui, dans une guerre fratricide, refusaient l'univers communiste, les goulags, la terreur. Au moins, depuis le maréchal de Lattre de Tassigny, les choses étaient claires : il nous restait à défendre la fidélité à nos engagements, nos solidarités, donc notre honneur. « Les combattants de Dien Bien Phu étaient – selon le mot de Bonaparte – « des géants » par le courage, l'audace, la camaraderie et l'abnégation », a écrit Henri Le Mire[1], et je souscris entièrement à ce jugement.

À Dien Bien Phu, j'avais été profondément touchée que les combattants me considèrent comme « l'une des leurs ». Par la suite, je suis restée très sensible aux gestes des anciens qui m'entretiennent dans cette camaraderie. En revanche, lorsqu'on me dit « héroïne », je souris mais suis toujours un peu agacée. Et plus encore quand on semble croire que je suis un être d'exception, en quelque sorte « pas comme tout le monde ».

Dans les périodes de guerre ou de calamités que le monde a traversées depuis 1954, et encore au cours de ces derniers mois, j'ai souvent repensé à tous ces groupes humains, combattants ou civils, qui, plongés ensemble dans l'adversité, retrouvent naturellement leurs solidarités et donnent tout d'eux-mêmes dans un esprit de service qui les dépasse. Ils manifestent alors fortement la grandeur de l'homme.

---

1. Dédicace à l'adjudant-chef Jean-Bernard Monchotte du livre d'Henri Le Mire *Épervier, le 8e Choc à Dien Bien Phu* (Albin Michel, 1988), écrit à la gloire de ce bataillon et de son chef d'alors, le commandant Tourret.

Les réactions du monde libre ont bien montré que Dien Bien Phu avait la valeur d'un symbole. En cela, il se justifie et explique l'héroïsme de nos combattants. Ceux-ci en ont la pudeur, mais j'ai voulu en témoigner pour eux, car ils appartiennent à notre Histoire, celle qui mérite d'être connue et enseignée.

Quelques témoignages

Lettre du colonel Langlais

Malestroit 22 octobre 1954

Chère Geneviève,

[...] J'aimerais avoir de vos nouvelles. On m'a dit que vous avez été maintenant affectée à une ligne d'Afrique. J'ai eu aussi des échos de votre retour en France et de votre voyage en Amérique. Je n'ai pas besoin de vous dire que tous vos amis et compagnons d'armes savent que vous étiez la proie des journalistes, nous connaissons trop votre simplicité et votre modestie. Cependant j'estime qu'on ne sait pas assez ce que vous avez été à Dien Bien Phu. On ne sait pas que vous avez été volontaire pour prendre cet avion du 28, parce que vous n'aviez pas pu la veille remplir votre mission. Peu de femmes au monde auraient été capables de faire ce que vous avez fait aussi je bondis de fureur quand j'entends les jaloux, les envieux, il y en a, surtout des femmes dire que c'est le hasard qui vous a conduite parmi nous et que n'importe qui en aurait fait autant. J'aurais voulu voir ces gens-là dans « les catacombes » ils nous auraient donné, comme bien des hommes pourtant réputés courageux à Dien Bien Phu un bel exemple d'effondrement.

Je ne sais si vous avez lu ce livre ridicule appelé « Dien Bien Phu » et paru le 18 mai, il est pourtant semi officiel. J'ai fait savoir à son auteur ce que je pensais de cette honteuse entreprise commerciale.

J'y ai lu aussi le texte de votre citation baclée par un indifférent. Je vais rétablir celui que je vous avais rédigé une nuit dans mon P. C et demander par la voie officielle qu'il soit substitué à l'autre. Quant à mon « Dien Bien Phu » dont j'ai brûlé les pages avant la fin, il ne verra jamais le jour. J'ai essayé mais je suis incapable de recommencer. Il me fallait l'ambiance de la bagarre et mes souvenirs s'estompent déjà.

Au revoir, chère Geneviève, recevez mon amical souvenir.

LANGLAIS

PROPOSITION DE CITATION À L'ORDRE DE L'ARMÉE

Mademoiselle Geneviève de Galard Teraube

Convoyeuse de l'air du G.M.M.T.A, seule femme présente à Dien Bien Phu pendant la bataille, a suscité l'admiration de tous par son courage tranquille et son dévouement souriant.

Arrivée le 28 mars avec le dernier avion sanitaire qui ait pu se poser, s'est immédiatement mise à la disposition du Médecin commandant de l'antenne chirurgicale.

De sa propre initiative, et malgré les violentes concentrations de l'artillerie ennemie, visita tous les blessés du Centre de résistance pendant les furieux assauts du 30 mars au 2 avril.

Vivant parmi les blessés, couchant sur un brancard dans l'atmosphère étouffante de l'antenne, elle prodigua ses soins avec une activité inlassable, à toute heure du jour ou de la nuit.

D'une compétence professionnelle hors pair et d'un moral à toute épreuve, elle fut une auxiliaire précieuse pour les chirurgiens et contribua à sauver de nombreuses vies humaines.

Restera, pour les combattants de Dien Bien Phu, la plus pure incarnation des vertus héroïques de l'infirmière française.

Pour attribution,
Le Colonel Langlais Cdt la Défense
P/O le capitaine Roy
Avril 1954

Lettre de l'Adjudant-chef Jean-Bernard Monchotte

Le 25 février 2002

Bien chère Madame,

Quelle bonne idée d'écrire vos souvenirs !

Je vous ai bien connue, surtout à l'antenne chirurgicale avec l'équipe du commandant Grauwin et par la suite au cours de nos rassemblements d'anciens.

Comme beaucoup de mes compagnons de combat, [...] nous avons eu la chance dans notre malheur de bénéficier de votre dévouement sans limite et moi-même, comme mes frères d'armes de tous grades, de votre générosité et de votre gentillesse. Ce ne sont pas des paroles en l'air, beaucoup de blessés sont restés silencieux, mais après ces batailles, ce bruit, cette boue, je n'ai pas eu l'occasion de vous le dire : nous vous sommes très reconnaissants. Cette antenne était toujours pleine. Les moins touchés restaient peu mais tous ont des souvenirs inoubliables de votre présence, les soins d'une infirmière dans cet enfer, un sourire pour chacun, pour les plus atteints, c'est leur dernier souvenir.

Vous étiez pleine d'attentions pour nous, les petits bouts de pomme distribués et les dernières cigarettes offertes et en plus, ces plaintes qui venaient de partout : « Madame, j'ai mal, « Madame, j'ai des asticots », etc. Je n'en dirai pas plus. [...].

Vous deviez être épuisée, meurtrie au plus profond de vous-même par tant de souffrances et de malheurs. Vous avez continué avec acharnement et courage dans toutes les tâches que vous avez accomplies, sans oublier votre compétence. Voilà, Madame, ce que je voulais vous dire tout simplement, depuis quarante ans, rien ne s'est effacé.

Madame,
Veuillez accepter mon plus profond respect.

Adjt. chef Jean-Bernard Monchotte
Ancien du 8e Choc,
Blessé le 5 avril 1954 à Dien Bien Phu.

Télégramme diplomatique de M. Henri Bonnet, ambassadeur de France à Washington

Les raisons du succès exceptionnel de ce voyage sont multiples. La première est, sans aucun doute, l'émotion et l'admiration suscitées dans tout le pays, par la bataille de Dien Bien Phu, à laquelle – comme vous le savez – la presse, la radio et la télévision avaient donné pendant des semaines une publicité telle que le souvenir de cette lutte inégale, symbole et preuve du courage et de la vitalité du peuple français, est maintenant profondément ancré dans les mémoires américaines. La France, d'autre part, continue de bénéficier dans ce pays de sympathies innombrables et heureuses de s'exprimer lorsque l'occasion s'en présente. Mais ces sympathies ne se seraient pas manifestées avec autant d'ampleur et de spontanéité si la personnalité de Mademoiselle de Galard n'avait conquis d'amblée le public. Elle a sans doute surpris des auditeurs et des spectateurs habitués aux « glamour girls » avides de publicité personnelle. Elle les a d'autant plus charmés par sa gentillesse, sa simplicité, sa modestie non feinte, le bon sens et le calme avec lesquels elle a su répondre à leurs questions. En évitant de se mettre en valeur, en rappelant constamment l'héroïsme et les souffrances des soldats de Dien Bien Phu, en ajoutant que c'était à eux qu'il fallait penser, elle les a vivement impressionnés, et les commentateurs sont innombrables qui ont cité la phrase qu'elle ne cessait de répéter : « je n'ai fait que mon devoir ».

Bref, sa visite aux États-Unis a éveillé des sentiments d'émotion et d'admiration et la publicité qui lui est donnée répond parfaitement au sens très vif qu'a le public américain de ce qu'on appelle ici « l'intérêt humain. »

Du point de vue de la propagande française aux États-Unis, nous ne pouvons que nous féliciter de ce voyage qui peut être considéré comme un succès exceptionnel. Quelles qu'aient été, au cours des dernières semaines, les critiques adressées à la France, notamment à propos de l'Indochine, il est frappant de constater que la presse, depuis les journaux habituellement favorables à notre pays jusqu'aux feuilles les plus isolationnistes, a été unanime à rendre à l'« Ange de Dien Bien Phu » un hommage enthousiaste qui s'adresse, à travers elle, aux soldats du Corps expéditionnaire et aussi, cela mérite d'être signalé, à la femme et à la jeune fille françaises dont le cinéma et une certaine littérature donnent si souvent une image déformée et peu flatteuse ».

Table

7437

Composition PCA à Rezé
Achevé d'imprimer en France (La Flèche)
par Brodard et Taupin le 5 décembre 2007. 44831
Dépôt légal décembre 2007. EAN 9782290342466
1er dépôt légal dans la collection : septembre 2004

Éditions J'ai lu
87, quai Panhard-et-Levassor, 75013 Paris
Diffusion France et étranger : Flammarion